COMPLONAUTÉS

Satire du sous-développement

Ness Kokovich

A mes filles

« C'est cela, l'homme : il marche, il marche, mais il laisse des traces sur le chemin qu'il parcourt afin que l'on puisse le retrouver »
D'après Laurent Gbagbo (La Haye, 28 février 2013)

« Ce que l'on conçoit bien s'énonce clairement et les mots pour le dire arrivent aisément »
Nicolas Boileau

CONTENTS

AVANT-PROPOS

L'initiative d'écrire *Complonautés* a été prise en mars 2011. Soutenu par mes filles, j'ai alors jeté les premières lignes sur mon laptop en mai. Deux ou trois années plus tard, un bébé était près de naître dont, pour des convenances personnelles, j'ai retardé l'accouchement. Jusqu'à ce que, début 2015, se détraquassent et l'ordina-teur et le disque dur externe qui portaient le récit new-yorkais de Franck Dabloa (personnage principal), Von Népar, l'ambassadeur Tchidroukpa et autres.

Sorti d'une opération chirurgicale à Hospital of Joint Di-seases de New York en mars 2015, je me suis remis à la tâche, en repartant de zéro.

La rédaction de l'œuvre s'est poursuivie à Abidjan entre 2017 et 2018. Le manuscrit a été ensuite soumis en 2019 à des amis pour lecture, correction et suggestions éventuelles. A cet égard, je remercie ici l'écrivain ivoirien Michel Tétchi pour ses remarques et ses encouragements.

Pourquoi maintenant ? C'est maintenant le moment favorable, le temps de Dieu, dirais-je. Alors, tenant cette œuvre en main, vous vous interrogez certainement sur « le » sujet qui y est traité. Eh bien ! il y en a plusieurs qui y sont abordés. Sans vouloir les énumérer tous, je voudrais appeler votre attention sur le fait que le titre du livre constitue en lui-même un programme qui en dit long sur les thèmes abordés.

« Complonautés » est le pluriel de « complonauté », un néologisme féminin que je propose à la Francophonie pour contribuer à ma manière à l'enrichissement de notre langue commune, le français, déjà assez riche et belle de ses spécificités. Le mot est composé de deux éléments : « complo- » (de « complot ») et « -nauté » (de « communauté »). Il signifie « communauté de complots ». Ce mot, je me plais à le traduire en italien par « complonità » et en anglais par « plotmunity », deux mots formés sur le même modèle qu'en français, avec le même sens. (A noter que le français, l'anglais et l'italien sont les trois langues étrangères que je parle couramment – en plus de ma langue première, le *kaowlou* – et que j'écris). D'autres néologismes révolutionnaires comme « démoncratie » et « complonautaire » éveilleront, à n'en point douter, votre curiosité.

Complonautés est un récit satirique qui dénonce des tares du monde contemporain vu, dans toutes ses composantes, comme un foyer ou ensemble de foyers où se trament et s'orchestrent, comme dans un scénario, des coups bas, des comportements déviationnistes, immoraux, des conflits, des prises de décisions... qui vont à l'encontre des intérêts de l'être humain et menacent chaque jour sa vie et sa dignité. La personne humaine est perçue ici comme baignant dans de perpétuels complots, depuis sa cellule familiale jusqu'à l'échelle internatio-nale, en passant par les pouvoirs publics où sont conçues des politiques tordues qui privent l'homme de ses droits et libertés les plus fondamentaux et du développement durable.

C'est dans cet environnement multidimensionnel qu'évolue le couple George et Régina. Citoyens d'un pays africain imaginaire dont la capitale est Gnanganville, ils dissèquent aussi bien la société africaine que le monde lointain devenu un village planétaire du fait des intérêts des Etats qui le composent, notamment ceux de la *complonauté internationale*, un petit groupe de pays influents.

Avec un narrateur omniscient extra diégétique, les personnages principaux dénoncent et proposent des solutions. Le style, simple, combine le vocabulaire *nouchi* (langage populaire ivoirien) aux mots, proverbes et ima-ges de la culture *kaowlou* ainsi que les habitudes des peuples de l'Afrique noire francophone. La syntaxe se veut assez rigoureuse pour donner au récit un rythme plaisant.

Selon votre point de vue, votre culture, votre idéologie politique, vous pourriez ne pas apprécier l'angle sous lequel les thèmes sont abordés ; cependant, toute velléité de censure serait un grand recul dans la quête de progrès des populations en détresse à travers le monde.

Bonne lecture.

L'auteur

RÉSUMÉ

Une rébellion armée menée par les Forces patriotiques éclate contre le pouvoir central légal et légitime d'un pays en développement. Les populations de la circonscription de Djbèhèwlô (signifiant village de cohésion et d'harmonie) subissent de pires atrocités. Parmi les victimes, outre de nombreux morts, des femmes violées et des enfants émasculés, des esclaves sexuelles et des notables sodomisés, figurent l'instituteur George qui a le crâne fissuré, la vieille Djinon avec un sein tranché sans anes-thésie, et un rebelle nommé Commandant Brimougou dont une jambe a été bousillée par une mine lâche et bâ-tarde de son propre camp.

Les hôpitaux de la région ayant subi les attaques des assaillants, les blessés de guerre sont pris en charge par une ONG internationale, les Nations du monde (NAM). A la fin de la guerre, Beau George, Djinon et Brimougou font partie d'un contingent de malades conduits au centre de santé des NAM, dans la capitale Gnanganville, pour y recevoir des soins appropriés. Le décor qu'offre cette ville héritée de la colonisation traduit un indescriptible désordre, une désuétude, symboles d'une société en putréfaction, sans morale. L'autorité de l'Etat a foutu le camp et chacun court sans balise, dans tous les sens. La corruption, l'insécurité, l'insalubrité, la traite des personnes, la mauvaise gouvernance, etc. sont autant de maux qui en rajoutent à l'analphabétisme criant des populations.

Malheureusement, au cœur de tous les complots fomentés contre la population, se trouvent un petit groupe d'Etats s'étant attribué le nom de « communauté internationale », qui se donnent pour rôle de faire et de défaire les chefs d'Etat dans les pays pauvres et d'imposer leurs vues au monde, sous prétexte d'une géopolitique, contestée sous les tropiques, et de droits de l'homme non agréés universellement. Ce groupe de pays a pour relai l'ONG NAM dont les deux responsables, Corrida Wlussadeh et Thur Gbaway, sont des lesbiennes.

Exaspérée par ces dérives « complonautaires », Régina, la femme de George, une fille déscolarisée par une grossesse après la classe de seconde, prend la résolution de mener une lutte intellectuelle et socio-politique pour mettre fin aux maux de la société et offrir le bonheur à ses conci-toyens. Sa vision inclut Rigobert, victime de traite, de-venu vulcanisateur, et Carine, la fille de Djinon, qui ne sait ni lire, ni écrire.

CHAPITRE 1

Sous le soleil où la vie des humains n'est que théâtre et complots, un proverbe *kaowlou* enseigne que la prudente gazelle est celle qui séjourne longtemps entre les bas-fonds. Elle y acquiert de longues cornes et parcourt champs et champs.

L'astre du jour s'était juste incliné dans le ciel que les femmes de Pingbwa, alertées par un groupe de jeunes en armes, fuyaient les champs. Leurs maris, eux, avaient préféré rester au village ce jour-là pour suivre minute après minute les événements qui se déroulaient en ville. Depuis la veille, les canons tonnaient dans la région et tout portait à croire que Djbèhèwlô, le chef-lieu de la circonscription situé à quelques kilomètres de là, connaissait des affrontements. Les forces gouvernementales y livraient une sanglante bataille contre les rebelles. Le sous-préfet était annoncé aux mains des assaillants, le commissariat de police et la brigade de gendarmerie, saccagés ; plusieurs corps jonchaient les rues. Dans l'arrière-pays, des villages entiers étaient incendiés par de folles flammes ingrates vis-à-vis d'une terre qui les avait pourtant regardé couver pendant des années.

La nuit tombée, après des heures passées dans la brousse, les pieds nus pour certaines, vêtues de haillons pour d'autres, baluchons sur la tête et enfants au dos, les braves femmes se faufilaient dans la pénombre en se frottant contre épines et ronces pour tenter de traverser la rivière Nibou et se retrouver de l'autre côté de la frontière. Elles n'avaient pu ramener avec elles que quelques vivres ne pouvant même pas suffire pour trois jours de ration normale. Dans la forêt vierge, Régina et ses amies se frayaient péniblement un chemin pour ne pas être victimes d'une balle dont elles ne sauraient jamais le pro-priétaire. Se blessant, tombant, se relevant, elles marchaient et couraient, dans l'espoir de trouver un campement paisible où passer le reste de la nuit.

La lune illuminait par moments le sentier tandis que les détonations des armes lourdes s'entendaient depuis la ville. Au loin, à l'horizon perdu entre les feuillages des arbres, une colonne de fumée se faisait perceptible. De leur planque, au milieu du silence complice de leurs enfants, les femmes se posaient mille et une questions sur le sort de leurs hommes. Elles refusaient d'imaginer que les rebelles eussent atteint leur village.

Régina sentit le cœur de son enfant battre dans le pagne. Le garçonnet de trois ans respectait à la lettre les consignes de sa mère : interdit de se plaindre, sauf si le danger était vraiment à proximité et humainement inévi-table !

« Marquons une petite pause afin de prendre des repères avant d'avancer, dit la femme à ses compagnes.

-Je conviens avec toi, répliqua sa coépouse.

-L'occasion de donner à boire aux enfants. Ils n'ont rien mangé depuis le coucher du soleil, fit une autre femme ».

La nuit était très avancée. Tout à coup, une clarté vide se dessina devant elles. D'abord, une piste ; ensuite, un champ de labour, puis un ruisseau : il devait y avoir un campement dans les environs. Mais où ? Une petite pause encore et elles poursuivirent leur course non sans avoir longtemps prêté l'oreille et attentivement scruté le paysage par-dessus le bois. Point de tir, les canons semblaient maintenant s'être tus. Toutes sentirent alors une certaine quiétude les habiter quand la quinte de toux d'un bébé de cinq mois fendit l'air autour. Très vite, sa mère le détacha de son dos. Sans lui laisser le temps de réclamer quoi que ce fût, elle enfouit sa grosse mamelle entre les frêles mâchoires du nourrisson.

Elles parvinrent à un carrefour. Le sentier qui s'allongeait derrière elles débouchait sur une voie plus large. Pour ces femmes hors de leur terroir habituel de Pingbwa, n'eût été l'expérience de Régina, il n'aurait pas été facile de s'orienter dans cette nuit noire. Comment trouver la bonne direction pour rejoindre la localité la plus proche ? Fille de chasseur, elle avait appris de son père la règle dite des jonctions : « *A une jonction de pistes, lorsque vous donnez dos au village le plus proche, le chemin des champs s'ouvre devant vous en formant un angle obtus avec le tronçon menant à ce village ».* Cette assertion aida Régina à trouver la direction du village auquel appartenait le champ qu'elles venaient de traverser. En accédant à la voie principale, elle remarqua que l'angle obtus était à leur gauche. Elle en conclut que le village était droit devant. La voie était-elle sécurisée ? C'était la grande question ; nul ne pouvait parier.

De commun accord, les femmes prirent la décision de continuer leur fugue. Un village ! Il y aurait donc de la vie devant. Au moins leur fallait-il un logis où faire coucher les enfants pour leur préparer un petit bol de *sanhi.* Dans cette région, la brisure de riz au piment frais pilé et à l'huile d'amande de graine de palme était un repas très prisé aussi bien par les enfants que par les adultes, surtout au petit déjeuner.

Trois kilomètres de marche et toujours pas de signe de vie. Seul un bas-fond se dessinant dans la forêt, à droite, faisait apparaître des palmiers raphias décoiffés. A l'opposé, au bout des buses qui servaient de pont, les ondes d'une étendue d'eau scintillaient dans la pénombre sous l'effet d'un faible courant d'air. Une sorte d'escalier descendait dans le creux du lit. Une femme marqua un arrêt dans l'intention d'y puiser quelques gouttes d'eau pour étayer la soif de son enfant qui n'avait pas bu depuis la veille, mais elle en fut découragée par ses compagnes. Nul ne savait d'où pouvait provenir le danger ; il valait mieux être dans un endroit plus sûr.

On était en décembre. L'harmattan avait débuté dans la région et était moins rude ici que dans les zones de savane. Le froid, à cette heure, était tout de même sec et la marche s'en rendait pénible. Tandis que les gravas sous leurs pieds chauffaient les orteils des mères, les enfants au dos, eux, grelotaient.

A l'aube, les femmes entendirent les lointains cocoricos des premiers coqs. Un grand espoir les habita ; le village n'était plus loin. Mais dans de telles circonstances, c'est souvent comme si la route s'étire devant soi. Elles avaient hâte d'en finir avec cette interminable marche. Surtout, que la nuit s'enfuît et que vînt le jour !

Elles furent accueillies à Miyassè par un groupe d'enfants jouant derrière les cases, peu soucieux de l'atmosphère pesante qui prévalait dans la bourgade. Les hommes s'affairaient, qui à nettoyer leurs calibres douze, qui à fondre du plomb ou à aiguiser toutes sortes de fers, tandis que leurs femmes passaient en revue les greniers pour voir quoi emporter en cas de besoin. Soudain, Touh, l'un des notables du chef du village, en apercevant Régina en tête de file, pointa son canon vers elle. « D'où venez-vous, femmes ? Qui a marché avec vous ? interrogea-t-il, le doigt sur la gâchette ». Il ne put reconnaître les épouses de ses pairs de la localité voisine de Pingbwa.

En temps de vive tension, le protocole de convivialité ne peut être toujours observé. Le sexagénaire conduisit donc Régina et sa délégation sous l'arbre à palabre où le chef les reçut. Après que les femmes se furent présentées, Touh se reprit rapidement et s'excusa pour son excès de vigilance. Mais cela ne suffit pas au chef qui les accabla de questions. Quand étaient-elles parties de chez elles ? Quels campements avaient-elles traversés ? Combien de champs avaient-elles vus et à quel moment de la nuit y étaient-elles arrivées ? Qui rencontrèrent-elles en chemin ? Qu'entendirent-elles comme sons, bruits ou voix ? Combien de *pounhi* (suite de pièges aux gibiers) avaient-elles longés ? Des menu-détails sur leur marche nocturne étaient nécessaires pour savoir si ces femmes n'étaient pas des envoyées d'un lointain ennemi.

N'ayant rien à se reprocher, Régina et sa coépouse racontèrent leur mésaventure, sans peur mais de manière polie et courtoise ; ce qui finit par rassurer le chef Blesson qui demanda, pour terminer :
« Finalement, comment avez-vous retrouvé le chemin de mon village dans cette pénombre ?

-Ah ! on a été malignes, vieux. En fait, je me suis souvenue de la loi des jonctions que j'ai retenue du vivant de mon père, répondit Régina avec un large sourire.

-Très intelligente, ma fille, répliqua le chef qui formula la réciproque de la règle en ces termes :
« *Lorsque le chemin des champs d'un village donné débouche sur une route principale, le village est situé sur le tronçon de la route formant un angle obtus avec la piste des champs* ».

Régina reconnut que cette formulation s'appliquait mieux à la situation qui était la leur cette nuit-là quoiqu'elle convînt avec le chef, dans une ambiance familiale, que la loi des jonctions avait une exception de taille relative à la propriété foncière, notamment lorsque lesdits champs n'étaient pas sur le terroir du village le plus proche.

Après quoi, elles déclinèrent leur identité au chef qui eut compassion d'elles et leur ordonna d'entrer dans les différentes cuisines, auprès de leurs consœurs, afin de réchauffer de quoi servir à leurs enfants. Chacune s'inséra quelque part selon ses relations habituelles dans le village. Qui chez une parente, qui chez une amie ou bien chez la sœur d'une amie. D'après l'adage, la mère se prévalut du nom de l'enfant : sous prétexte de nourrir leurs progénitures, elles obtinrent des vivres de leurs hôtes et se refirent de l'énergie, elles-mêmes. Bien plus que leurs petits qui passèrent plus de temps à s'amuser avec la marmaille des lieux.

A mesure que le soleil montait, les bruits de canons se rapprochaient de nouveau et les causeries des adultes se réduisaient pour se concentrer autour d'une stratégie de défense en cas d'agression.

CHAPITRE 2

L a région était fortement christianisée. Devant la menace, le chef Blesson, un octogénaire, et sa notabilité réunirent leurs populations en une fraction de seconde et une prière fut dite par l'un des notables pour recommander le sort du peuple au Dieu vivant. Il était impératif d'organiser les jeunes gens et jeunes filles du village en groupes d'autodéfense, car jamais armes n'avaient tonné dans cette petite partie du pays et les forces de l'ordre avaient vraiment perdu bataille contre l'assaillant. Pour ce faire, les plus valides devaient se munir de tout ce qui était armes blanches et les moins musclés, de fusils. Quant aux jeunes filles, elles porteraient tout instrument sonore pendant que les mamans et les papas âgés se chargeraient des enfants et des vivres. Comme toujours, une poignée d'inconditionnels se refusèrent à partir.

Il était seize heures. Direction ? Les instructions du chef étaient claires : il ne fallait pas s'aventurer à traverser la rivière Nibou pour chercher refuge dans le pays voisin et laisser l'ennemi envahir les villages, mais plutôt aller à sa rencontre avec des chants et de la musique pour le mettre en déroute. Les jeunes femmes et les filles prirent alors la route principale menant à Djbèhèwlô, le chemin que Régina et ses compagnes n'avaient pas voulu prendre le risque d'emprunter nuitamment.

Elles étaient précédées des hommes en armes. Une poignée parmi elles, les plus courageuses, dissimulaient des couteaux de cuisine sous leurs pagnes.

A chaque carrefour, un groupe d'hommes se détachaient, suivis de quelques vieillards, de femmes et d'enfants qu'ils installaient dans les campements avant d'investir la forêt qui longeait la route. Les jeunes femmes, aux sons de tams-tams, de tambours, de grelots, de castagnettes, de marmites et de casseroles, faisaient monter des chants de réjouissance populaire au milieu de ce paysage qui dansait au rythme d'un doux vent crépusculaire. Au-devant d'elles, se tenaient quelque trois à cinq femmes d'un âge avancé, chargées de grosses cuvettes de riz local assaisonné d'huile rouge de palme et de piment frais. Des mets sans protéines animales qui servaient dans l'ancien temps soit de petit déjeuner, soit de repas offert en sa-crifice aux dieux et aux ancêtres.

Les chants des femmes âgées et de celles tenant les instruments avaient pour but de distraire l'ennemi à son approche ; derrière, marchait un troisième groupe dont le chant ne rimait pas avec le premier. Ce groupe d'intercession faisait monter à Dieu des chants de combat bien cadencés mais rendus imperceptibles de loin par le tohu-bohu des métaux. La marche s'intensifia au coucher du soleil ; Régina reçut l'ordre de conduire les femmes jusqu'à son village à elle avant que la lune ne fût visible.

La circonscription administrative de Djbèhèwlô était serpentée de pistes dites cacaoyères, pratiquées pendant la traite du cacao par les cyclomoteurs des pisteurs et acheteurs de produits. C'était à l'un des carrefours de ces pistes, à environ deux kilomètres de la localité de Pingbwa, que les braves femmes se retrouvèrent nez à nez avec un peloton de neuf motos transportant plus de vingt assaillants encagoulés et armés de kalachnikovs et de fusils d'assaut. Elles avaient avec elles deux appâts insoupçonnés : leur beauté et le repas qu'elles portaient. Et leur force provenait non seulement de leur musique, mais aussi et surtout du chant que faisait monter le groupe situé à un kilomètre en arrière, avec lequel elles étaient unies en esprit. Elles poursuivaient donc leur gai et doux chant d'animation quand le meneur de cette troupe leur intima l'ordre de s'arrêter : « Madame, stop ! », fit cet homme vêtu d'un complet treillis de l'armée nationale, coiffé d'un chapeau melon de fermier afrikaner.

Le rebelle, qui mettait toute sa compagnie à ses pieds, n'était personne d'autre qu'un enfourneur de la grande boulangerie de la ville. Il avait pris les armes dès que le premier coup de canon avait retenti dans la région, faisant décamper policiers et gendarmes. Ayant pris son courage à deux mains, il avait enrôlé une cinquantaine de jeunes, dont une dizaine de filles, pour mener le

« combat de libération » des Forces patriotiques dont l'objectif était de renverser le régime en place.

A partir de l'âge de sept ans, le petit Koudrou avait fréquenté l'école primaire de Pingbwa jusqu'au cours élémentaire première année où il décida de suivre ses pa-rents commerçants dans leur boutique sise au marché. L'enfant avait abandonné l'école à cause du double fardeau que faisaient peser sur lui les études et la chicotte des instituteurs. Sa difficulté à assimiler les cours, à cause d'une déficience auditive, avait fait de lui un nul aux yeux de ses camarades et surtout des maîtres qui, à chaque fin de trimestre, le faisaient huer lors d'une cérémonie pu-blique de classement des centaines d'élèves de l'école.

Tout comme leur fils, les parents de Koudrou avaient aussi résolu de mettre fin à sa scolarité. L'enseignement primaire, qui était décrété gratuit par le gouvernement, revenait cher du fait de la corruption qui gangrenait le système.

Non seulement les enseignants soutiraient de l'argent à chaque famille devant inscrire un enfant dans leur établissement, mais l'inspecteur faisait revendre les uniformes que l'Etat offrait gracieusement. Même les kits scolaires mis à la disposition des écoles par le mini-stère de l'Education nationale, comprenant fournitures et manuels au programme, y inclus les boîtes de craie, se retrouvaient sur les étals des commerçants, frappés de l'armoirie de la République. Aucun cahier de modèle d'écriture n'était plus disponible dans l'école, il fallait tout acheter si l'on voulait que son enfant allât à l'école. Et cela, au vu et au su des autorités administratives locales. Dans le secondaire, des cahiers « d'habiletés », plus chers que les livres agréés par le gouvernement et bien que n'étant pas listés comme manuels scolaires, étaient imposés aux élèves par les enseignants. Ainsi, ceux qui n'avaient pas les moyens de s'en procurer ou qui ne jugeaient pas utiles d'en posséder étaient exclus des salles de classe aux heures de contrôles écrits.

Koudrou était donc passé d'abord par la mécanique à l'âge de dix ans et demi, comme apprenti électricien-auto en ville, auprès de son oncle maternel Djassa, l'un des rares mécanos de la région. Au mépris de la loi instituant l'école obligatoire jusqu'à seize ans. Sans encadrement véritable, le petit se débrouilla par son intelligence pour assimiler les rudiments du métier. Il se vit parfois même seul à tenir le garage en l'absence de l'oncle. L'enfant qui, à l'école, avait été maltraité et humilié avec tous les mots dévalorisants, était devenu une star de la mécanique à Djbèhèwlô. Il exerça ce boulot avec passion jusqu'à l'âge de treize ans où son père décida de le confier à son ami Youssef, le propriétaire de la boulangerie Nibou. La raison, les parents de Koudrou estimaient que leur fils faisait un travail de professionnel non rémunéré à cause de la casquette d'apprenti qui lui était collée.

Chez Youssef, l'adolescent s'était intégré rapidement. Encore une fois ! Il était chargé de faire cuire la pâte de farine préalablement battue et modelée par une autre équipe. Seul à ce poste et travaillant de quatorze heures à six heures sous la supervision d'un adulte expérimenté, Koudrou produisait sept mille baguettes de pain de quatre-vingts grammes par temps de travail. Pour un salaire mensuel de trente-trois mille sept cents *wahi*, pratiquement le tiers du salaire minimum garanti, dans un pays où les horaires normaux de travail étaient fixés à huit heures par jour.

Là aussi, l'inspection du travail, qui recevait tous les états de gestion des entreprises locales et les plaintes des employés, feignait de ne rien voir ; ce service public préférait s'acoquiner avec les employeurs et percevoir des pots-de-vin au détriment des travailleurs qui vivaient sous leurs yeux une véritable exploitation de l'homme par l'homme.

Malgré lui-même, Koudrou n'avait pas d'autre option. Douze années passées dans la boulangerie et toujours au même poste, dans la chaleur des fours chauffés à plus de deux cents degrés Celsius. Il finit d'ailleurs par attraper une maladie professionnelle caractérisée par un trouble du système nerveux avec un sérieux impact sur son cerveau. Cet état le rendit très agressif et misogyne.

C'était donc par dépit qu'il avait rallié la cause de la rébellion dès les premières heures. La vie le dégoûtait. Le souvenir de son enfance qu'il considérait comme ratée, pour n'avoir pas subi l'éducation universelle jusqu'à un niveau acceptable, lui tapait sur les méninges. Selon ses propres mots, il ressemblait à un sous-homme dans ce monde moderne. De plus, les graves fautes commises par l'administration locale à l'endroit des populations étaient le reflet du laxisme d'un pouvoir central auquel il fallait mettre fin. De ce fait, Koudrou épousa très rapidement le discours prometteur des assaillants : un changement de régime pourrait lui permettre de se faire une place enviable au soleil. Déjà capitaine et responsable d'une unité armée ! Le rêve était permis.

C'était cet homme musclé et barbu, devenu Capitaine Koudrou, que les femmes avaient en face d'elles. Régina et son groupe entonnèrent la chanson des excisées, à l'époque où la mutilation génitale féminine était encore dans les mœurs. Devant les douces paroles de cette belle mélodie qui était une invite aux hommes valides et viriles à apprécier la beauté naturelle d'une fille de-venue mature, Koudrou et ses éléments n'avaient pas de verbe. Le chant les replongeait dans leur enfance, dans l'adolescence de leurs propres sœurs qui, désormais sans clitoris, effectuaient leur sortie de case sous cet air. Des scènes mémorables au cours desquelles les filles, extraordinairement coiffées, badigeonnées de motifs variés au kaolin, du visage aux pieds, et arborant des perles et des parures traditionnelles, miroir à la main, étaient exhibées, portées sur les épaules musclées d'hommes choisis à dessein. On appelait cela *kpèdjaha* ; lorsqu'elles dansaient au sol, c'était *kpablaha*. C'était l'un des symboles de la richesse culturelle de toute une région, au pays des *Kaowloupognon*, qui mérite d'être perpétué encore aujourd'hui ; sans pratiquer cette barbare, atroce et meurtrière excision, l'on peut tout de même conserver cette sorte de danse de générations qui faisait autrefois la fierté des jeunes filles, de leurs familles et qui attirerait des milliers de touristes.

Dès qu'elles eurent terminé le dernier refrain, sous le regard pantois de la horde à Koudrou, les femmes qui portaient les repas déchargèrent leurs cuvettes de riz à l'huile rouge et s'agenouillèrent devant les assaillants. Aussitôt, celles qui jouaient des instruments imitèrent le mouvement. Sur la route, s'observait un très beau décor dans lequel les hommes armés étaient debout avec, à leurs pieds, des femmes courbées en signe de respect et de soumission. Fallait-il tirer sur ces civils non armés portant des enfants au dos ? Ou simplement se servir de leur nourriture pour mettre fin à un jeûne forcé de trois jours ?

Quand le capitaine entendit monter plus loin le cantique « *Debout sainte cohorte !* », il réalisa que le danger n'était pas loin. « Garde à vous ! ordonna-t-il à ses hommes. Tirrr… ». Il n'eut pas le temps de terminer sa phrase que, un à un, le doigt sur la gâchette de leurs kalaches, ses agents tombèrent par terre, foudroyés par les jeunes gens dissimulés dans la broussaille. Dans sa panique, le rebelle se mit à tirer dans la nature. Il atteignit mortellement la coépouse de Régina avant de se faire abattre lui-même par une fille de vingt ans ayant surgi de sa cachette.

Très rapidement, les femmes balayèrent le sang qui recouvrait la chaussée poussiéreuse. Elles s'emparèrent du corps sans vie de leur sœur tandis que leurs hommes s'occupaient des autres cadavres dont ils récupérèrent les engins, les tenues et tout l'armement. Les jeunes du chef Blesson empruntèrent à nouveau les sentiers tortueux, en couverture aux braves femmes qui reprirent leur marche en chantant et jouant de leurs instruments tonitruants.

Plus au fond, le groupe qui n'avait cessé de chanter au moment des tirs, avançait de plus belle. En arrivant sur les lieux du carnage, ils ne virent aucune trace de sang. Tout avait été soigneusement nettoyé par l'équipe de Régina qui poursuivit sa marche.

CHAPITRE 3

L e lendemain à dix heures, un conseil de guerre réunit à Pingbwa les habitants de ce village et tous ceux venus de Miyassè, à l'exception des vieillards et des enfants de moins de douze ans qui avaient été emmenés pendant la nuit dans les campements les plus reculés. Les deux chefs de village proposèrent aux jeunes de continuer à employer la stratégie utilisée contre

Koudrou et ses éléments. Elle était efficace et ne laissait aucune trace visible.

Pendant que se tenait la réunion et que les hommes recensaient leurs armes, une question trottinait Régina sur le mobile réel qui pouvait pousser des individus à attaquer leur propre pays de manière aussi violente que cette rébellion des Forces patriotiques.

La jeune femme avait dû, elle aussi, abandonner les bancs de l'école alors qu'elle était en classe de seconde dans un lycée de la capitale. À la suite d'une virée nocturne avec son jeune prof de math, une grossesse contractée juste à la rentrée des classes et devenue incompatible avec les études l'avait contrainte à prendre sa retraite anticipée à l'âge de dix-huit ans. Mais cette interruption prématurée de son instruction scolaire n'entama en rien ses acquis intellectuels. Elle connaissait très bien les grands sujets du monde contemporain et savait mener une discussion claire, persuasive et un raisonnement dialectique en thèse-antithèse-synthèse, ce qui manquait à la majorité des déscolarisés de son temps.

En ce XXIe siècle, il est incompréhensible que des citoyens s'arment contre leur propre patrie au point de l'éventrer comme ce fut le cas dans ce pays : massacrer d'innocentes populations que nous prétendons vouloir servir ; les catégoriser et les opposer les unes aux autres ; déstabiliser la nation qui vit dans une certaine quiétude et en piller les ressources à ses propres fins ; empêcher un régime légal et légitime de mettre en œuvre son projet de société sur la base duquel il a bénéficié du verdict des urnes ; utiliser la force pour imposer le changement dans un monde qui prône l'alternance démocratique ; en somme, tordre le cou à toutes les lois dont le peuple s'est librement doté.

Régina plaignait ainsi le sort de millions de citoyens qui, comme le jeune Koudrou, étaient les composantes de la société qui périssaient à longueur de journées faute de connaissance. Ils étaient la proie de véreux poli-ticiens affairistes qui leur mentaient, promettant monts et merveilles ; comme si, une fois au pouvoir, ils transformeraient le pays d'un seul coup de bâton magique, en oubliant que seules la paix, la stabilité et une réelle volonté politique, soutenues par le travail de tous, sont les facteurs essentiels du développement. Dans ce pays, même les députés, qui ne disposaient d'aucun fonds public pour réaliser des projets communautaires, faisaient des promesses de projets de développement qu'ils financeraient d'eux-mêmes, sachant bien qu'ils étaient sans assise financière personnelle. De leur côté, des affidés, aveuglés par la fumée de l'illusion d'un manifeste trompeur, faisaient croire que leur leader était si riche qu'il pouvait bâtir tout le pays sans recourir ni au budget de l'Etat ni à l'aide étrangère. Tout n'était que de l'escroquerie intellectuelle !

Se penchant à l'oreille de son mari, la jeune dame

affirma :

« Il faut éviter le désordre dans la société.

-C'est vrai, mon amour, mais dans toute communauté humaine, le désordre procède souvent de deux ou trois petites choses : soit il n'y a pas de normes établies pour régir la vie des individus, soit il en existe mais elles ne sont pas du tout appliquées ; ou bien elles le sont, mais de manière partielle, partiale et/ou inéquitable, c'est-à-dire à la tête du client, rétorqua l'homme.

-Certes ! rebondit Régina, mais rien ne peut justifier au-jourd'hui que l'on agresse son propre pays, car il n'y a sous les cieux aucun territoire où il n'existe de règles. Alors...

-Alors, ces règles sont-elles appliquées avec équité ? l'interrompit le mari. Ceux qui attaquent la République actuellement doivent certainement avoir des raisons va-lables, à mon avis.

-Tu parles ! Ce sont plutôt des assoiffés de pouvoir,

chéri.

-Même s'il est vrai que l'action vise à renverser le régime, n'est-ce pas pour instaurer un ordre plus juste et équi-table ?

-Ah ! là, tu touches effectivement le problème du doigt. Si tant est qu'ils veulent instaurer un certain ordre, pourquoi alors ne commencent-ils pas par respecter l'ordre déjà établi ? Au moins devraient-ils avoir la décence de se conformer aux textes de l'Etat, à commencer par la Constitution.

-Ce qui voudrait dire qu'il faille attendre que l'équipe actuelle termine son mandat et que, par les mécanismes démocratiques dont la nation dispose, celle-ci décide de la renverser, elle-même, par les urnes. N'est-ce pas ?

-Exactement, George ! Les pays africains, par exemple, ont des normes qui définissent et balisent leur vie présente et future, mais il y a des gens qui veulent arriver au pouvoir avant le temps fixé.

-Ouais… Tout comme il y en a qui prennent le malin et fâcheux plaisir de se maintenir au fauteuil contre le gré du peuple et au mépris des lois nationales, fit l'homme d'un air narquois.

-Attention, ne défends pas l'indéfendable. Je crois que c'est un débat qui mérite d'être prolongé pour mieux cerner avec objectivité les contours des problèmes actuels de notre monde. Bah, revenons à la réunion, s'il te plaît.

-Je voulais te faire la même suggestion, chérie. »

George était un ancien étudiant en maîtrise d'allemand à l'Université nationale. Comme la plupart des jeunes du pays, il avait précipitamment quitté la fac par crainte d'en ressortir chômeur. Sous l'influence d'un fonctionnaire de sa région, son option principale aurait été d'être un cadre de l'administration publique, mais il estima qu'il existait des voies détournées qu'il n'avait pas les moyens d'emprunter pour entrer dans la plus grande des Grandes Ecoles. Il était donc devenu instituteur ordinaire après deux années de formation. Or, cet homme d'une intelligence exceptionnelle, était doté d'un talent de dessinateur et de pianiste, mais il n'avait jamais eu, de tout son cursus scolaire et universitaire, l'opportunité de participer à un seul atelier d'arts. Pire, ce talent ne fut point détecté et encouragé ni par la famille ni par l'école. Tout son environnement y était hostile. De plus, aucun des établissements qu'il avait fréquentés n'était outillé à cet effet. Et pourtant, des enseignants formés à la matière étaient affectés dans presque tous les lycées publics, mais à ne rien faire d'autre que d'enseigner celles pour lesquelles ils n'avaient pas reçu de qualification : français, math, physique, etc. Tout, sauf les arts !

Depuis cinq ans, cet originaire du Sud, travaillait à Pingbwa où il avait pris pour femme Régina avec laquelle il avait maintenant deux enfants. Sa vie d'instituteur de brousse n'avait rien à envier à ses promotionnaires de-venus professeurs d'allemand et qui exerçaient en ville. Bien que n'étant pas de la région, il parlait parfaitement la langue du terroir, aimait sa femme et sa belle-famil-le et cultivait la terre pour arrondir ses fins de mois. De par sa parfaite intégration dans le village et, par-delà, dans toute la région de Djbèhèwlô, celui que les vieux appelaient Beau George avait voix au chapitre, au point d'être guère sollicité pour régler des litiges entre membres d'une même famille. Ainsi les notables décidèrent-ils, au cours du conclave, de lui confier la lourde charge de la coordination de l'action des jeunes pour la protection des populations contre l'ennemi de l'heure.

George n'eut pas le temps de requérir l'autorisation de sa hiérarchie comme c'est la règle en pareille circonstance ; il se mit immédiatement à la tâche. Cette même nuit, il organisa les jeunes gens et les jeunes femmes à qui il déconseilla de faire usage du butin pris sur Capitaine Koudrou et ses éléments. Des groupes mixtes furent mis en mission, postés sur les pistes cacaoyères et aux quatre coins des villages. Ils n'étaient armés que de gourdins, d'arcs et de fusils de chasse. Pendant ce temps, les femmes s'affairaient à apprêter l'appât pour la marche de l'aube. L'animation était à la hauteur d'une cérémonie de réjouissance en temps de paix. Les gens dansaient aux rythmes du *kédjoué*, du *boloï*, du *gbégbé*, du *goli* et du *mangalè*.

On était entre le jour et la nuit, à l'heure des termites ailées ; les plats fumants de riz à l'huile rouge et au piment frais étaient prêts. George fit ravitailler les sentinelles. Bien sûr, pas pour leur propre consommation. Premiers, puis seconds chants de coqs, et le soleil pointa du nez. Les tambours retentirent davantage, tout comme les chants de louange et d'adoration des groupes d'intercession. L'armée de Dieu était ainsi à l'affût.

Malheur au premier assaillant qui passerait par ces lieux !

Cela dura trois jours avant que, n'ayant eu aucune nouvelle du bataillon à Koudrou, le *comzone* détachât une unité pour patrouiller sur l'axe reliant Djbèhèwlô, Pingbwa et Miyassè, trois localités enclavées dans un petit espace partagé entre la forêt du Goh et la savane de Tiala. C'était un groupe restreint de six soldats ayant aussi fait défection dans les rangs des forces gouvernementales qui avait reçu la mission. Ils partirent de la ville à bord d'un pick-up de la gendarmerie nationale surmonté de lance-roquettes. Mais, au lieu d'aller droit par la route principale de la sous-préfecture, ils roulèrent des heures par des pistes rocailleuses et latéritiques pour aboutir au dernier campement de Miyassè, le village du chef Blesson. Là, commença une sorte de battue. Pour eux, il n'existait plus de chances de retrouver Koudrou et sa troupe dont les trois téléphones satellitaires reçus en dotation étaient devenus injoignables. Que leur était-il arrivé entretemps dans cette zone si paisible, loin des coups de canon dont la tonitruante mélodie était maintenant le quotidien des quelques citadins favorables à la rébellion, revenus après les pillages des premières heures ?

Sous la conduite de l'ex-commissaire de police du chef-lieu du district – un autre fils de la région connu sous le sobriquet de Brimougou – ces hommes parvinrent à Miyassè où vivaient encore une poignée de femmes ayant la garde d'enfants, de vieillards et de personnes handicapées qui n'avaient pas pu effectuer la marche avec les Régina et autres. Leur véhicule entra en trombe dans le village, non sans menacer : des coups de kalachnikovs tirés, tantôt en l'air et sur les feuillages des arbustes, tantôt sur les murs, le bétail et les greniers. Au même instant, ils interpellèrent quelque dix bras valides qu'ils avaient croisés à la lisière du village à leur retour des champs.

Les déserteurs prirent possession des lieux. Pendant la semaine qu'ils eurent séjourné là, ils prirent les garçons avec eux, à travers les champs aux alentours du village où ils pillèrent la production des braves habitants devenus des déplacés de guerre. Pour assouvir leur faim sexuelle, ils abusèrent des femmes et des filles de plus de quinze ans et sodomisèrent systématiquement des mâles, y compris le petit frère du chef et deux notables. Les récalcitrants furent contraints à coucher entre eux et à se laper mutuellement le sang ruisselant des blessures causées par leurs chicottes.

Les femmes violées ruminaient leur humiliation jusqu'à ce qu'elles entendissent les Chants monter très tôt le matin, du côté ouest du village. La musique fit ombrage aux assaillants qui regroupèrent sur la place publique tout ce que les maisons contenaient encore d'âmes.

« Quels sont ces chants qui se rapprochent du

village ? Y a-t-il une cérémonie ici aujourd'hui ? demanda le commissaire Brimougou.

-Oui, chef, répondit un homme aux mains et pieds liés depuis deux jours pour insoumission aux agresseurs qui voulaient lui entuber les sphincters. On avait invité la jeunesse de Pingbwa pour un match de football cet après-midi, renchérit-il sans que personne n'osât contredire cette réponse qui visait à tromper la vigilance des assaillants.

-N'ayez crainte, nous sommes ici pour votre sécurité, dit le commissaire. Si vous épousez notre cause, il ne vous arrivera rien. Actuellement, la capitale est aux mains des Forces patriotiques venues pour sauver le pays. L'ex-président de la République est en fuite et tous les membres du gouvernement sont en détention. Le pouvoir a changé de main depuis deux jours. Vous recevrez bientôt un nouveau sous-préfet qui va impulser le développement dans cette région. Les jeunes auront du travail et vous, les parents, vous serez riches. Soumettez-vous aux ordres des éléments des Forces patriotiques qui viendront patrouiller dans les villages ; ne faites rien pour provoquer leur ire, sinon vous périssez tous. La récréa-tion est désormais terminée dans ce pays, un nouvel ordre va vous apporter le développement et le respect des droits de l'homme… ».

Le discours de Brimougou causa la psychose et le doute dans l'esprit de cette population rurale qui n'avait pas accès à l'information du fait que, de tous temps, les médias publics et privés ne desservaient pas leurs villages. Plus grave encore en temps de crise armée où les nouvelles circulaient lentement parce que les gens ne voyageaient plus que très peu.

A ce moment-là, les chants et les jeux d'instruments se faisaient de plus en plus entendre derrière l'épaisse forêt.

CHAPITRE 4

L e bilan de la rébellion armée était très lourd. Au bout de deux mois seulement de conflit, l'on dénombrait huit mille quinze morts sur l'ensemble du territoire, dont plus de mille sept cent cinquante pour la seule circonscription de Djbèhèwlô ; un million d'individus avaient trouvé refuge dans les pays de la sous-région, parmi lesquels des centaines de milliers de femmes et d'enfants ; les déplacés de guerre internes se comptaient par millions ; huit cent quatre-vingts femmes et fillettes furent recensées comme victimes de viol, trente-trois garçonnets littéralement émasculés pour avoir pleuré devant l'assassinat d'un parent ; plus de quatre mille hommes et femmes firent l'option de l'amputation d'un bras, soit en manche courte ou en manche longue, pour sauver la vie, qui à un conjoint, qui à un enfant ou à un parent ; de nombreuses autres victimes non identifiées brûlaient encore au soleil dans la cour du siège local de l'organisation non gouvernementale « Nations du monde », à Djbèhèwlô. Parmi ces dernières, figuraient George et Régina.

L'homme souffrait d'un traumatisme crânien et la femme portait dans toute la hauteur de son dos, les stigmates en croix d'un fer chaud auquel elle avait été brûlée par Brimougou dans une tentative de viol collectif lors du second passage de ce dernier à Pingbwa avec un contingent de dix-huit bidasses. Régina avait échappé à ces bâtards grâce à son imposante stature, sa poigne et la force d'une panthère blessée qui l'anima à cet instant précis. En effet, enfermée dans une chambre par l'ex-commissaire et ses cinq soldats, la jeune dame s'était âprement débattue pour se libérer des griffes de ces porcs empestés à la braguette en constant éveil. Pleurant, hurlant et huant de douleur, elle avait réussi à se saisir du bras de Brimougou tenant la baïonnette chauffée à blanc qui venait de lui être méticuleusement passée dans le dos. Elle l'avait plaquée à son tour au bord du nez de l'homme au moment où George enfonçait la porte de la pièce.

Régina ne demanda pas son reste. Elle ne tint aucun compte de son mari qui prit au collet le policier rebelle auquel il infligea une raclée magistrale. Il n'en fallut pas plus pour que les autres assaillants se jetassent sur George, le bastonnant et le traînant au sol jusque sous l'arbre à palabre. L'instituteur portait encore à la nuque la blessure qui l'avait fait sommeiller dans un coma, plus d'un mois durant, après l'atrocité du combat qu'il avait livré contre les hommes de Brimougou.

La présence du couple dans les locaux des Nations du monde avait un double objectif : donner un témoigna-ge des faits vécus depuis l'avènement des Forces patriotiques et recevoir des soins appropriés. Des centaines de personnes attendaient d'être reçues comme eux, chacune selon son cas.

Les Nations du monde étaient une ONG étrangère, dite internationale, qui opérait dans le domaine humanitaire. Elle était présente dans le pays depuis le début de l'épidémie à virus ébola où ses agents avaient été déployés dans les fins confins du territoire. Sa représen-tante nationale, madame Corrida Wlussadeh, était une brillante ressortissante latino-américaine qui avait fait ses études secondaires et universitaires aux Etats-Unis et en France. Elle parlait un français propre, sans aucun accent, ce qui facilitait sa communication avec le public à ce poste, à l'exception des nombreux analphabètes.

Bien que sorti du coma depuis quelques semaines, George faisait partie des cas urgents. Le jour où il devait être traité, une équipe spéciale de praticiens fut dépêchée par le service médical de l'organisation. Après une radio, au vu de son dossier antérieur, il fut décidé de le transférer à la capitale aux fins d'une opération chirurgicale.

Lorsqu'elle en eut été informée, Mme Wlussadeh convoqua Régina et George dans son bureau et leur donna la nouvelle en déclarant : « La radio révèle la présence d'un tout petit morceau d'os à la périphérie de votre cerveau droit. Cela nécessite une opération. Nous sommes donc dans l'obligation de vous transférer à la capitale dans deux jours puisque, comme vous le savez, toutes les structures hospitalières de la région ayant subi les affres de la guerre, l'unique bloc opératoire que nous avons est devenu inopérant ».

Le couple reçut la nouvelle comme un double coup de massue. Non seulement le diagnostic était troublant, mais le souci des dépenses à encourir pour le séjour et les soins était aussi très grand. Quelle serait l'issue d'une telle intervention chirurgicale ? Quel médecin spécialiste pouvait réussir le travail, dans quel hôpital de la capitale et avec quels matériels ? Où trouver le budget nécessaire pour la nourriture, les déplacements et autres petits besoins pendant une imprévisible période d'hospitalisation ?

L'inquiétude devenait grandissante et bien visible sur leurs visages quand la responsable interrogea : « Avez-vous de la famille à Gnanganville ? »

Régina fit aussitôt non de la tête. George, lui, hésita un moment avant de répondre : « Pas vraiment. Juste un cousin fonctionnaire sur qui je ne peux pas compter.

-Quelle est votre profession, monsieur ? demanda Corrida.

-Instituteur, répondit George.

-Si vous le désirez, vous pourrez remplir un formulaire de prise en charge partielle dans lequel vous déclarerez votre revenu familial et la liste des personnes à votre charge. Mes services statueront ensuite sur les renseignements que vous aurez fournis pour vous dire si vous êtes éligible à l'aide.

-Madame, y a-t-il un dossier à fournir ?

-Votre dossier médical et votre carte nationale d'identité suffisent.

-Tout simplement ? Et mon bulletin de salaire, puisque vous parlez de revenu ?

-Elle a déjà dit ce dont elle a besoin ! Quelle histoire de bulletin encore ? fit Régina d'un ton quelque peu nerveux.

-Rien d'autre, monsieur. Nous nous fions à ce que le

patient déclare comme revenu familial. C'est ainsi que fonctionnent les choses aux Etats-Unis où nous sommes basés. Là-bas, le système sanitaire est tel qu'aucune structure hospitalière ne vous recevrait sans assurance maladie. Et leurs prestations sont extrêmement coû-teuses. En plus de la facture de l'hôpital, on vous envoie une facture pour chaque agent qui intervient dans votre traitement : médecins, infirmiers, sages-femmes, psychologues, kinésistes, assistants sociaux, aides-soignants et tout ce qu'ils ont de praticiens. Ça ressemble à une escroquerie, en fait ! Mais non, ce sont des agents de santé qui font leur boulot et qui ont aussi besoin d'être rémunérés tout comme les médecins et chirurgiens. Néanmoins, il existe des mécanismes assez souples permettant de payer moins cher.

-Alors, madame la directrice, que se passera-t-il si mon mari se retrouve avec une facture exorbitante pendant son hospitalisation ? s'enquit Régina, soucieuse.

-Vous ne vous empressez pas de payer toute facture qui vous sera présentée. De toutes façons, l'ONG prend en charge une bonne partie de ses soins ; vous n'aurez que de modiques sommes à payer. Nous sommes actuellement votre assurance maladie ; vous nous adresserez les factures et nous ferons le nécessaire avant de vous communiquer votre part. Tout dépendra de votre revenu familial et de l'effectif de votre ménage, rappela Corrida en terminant. »

George et Régina sortirent du bureau de la dame, finalement soulagés par la conversation. Dans leur pensée, le problème d'hébergement ne se posait pas véritablement, étant donné que dans ce pays, les parents des malades pouvaient se permettre de dormir à même le sol entre les lits et faire la cuisine dans la cour de l'hôpital. De vrais établissements hospitaliers, en somme ! Ils ne jugèrent donc pas utile de prévenir le cousin de la capitale.

Le formulaire leur fut remis dans le bureau

de l'assistante sociale. George le renseigna en déclarant soixante pourcents de son salaire qui constituait l'unique revenu de sa famille, les produits de ses champs n'étant pas comptabilisés. Comme personnes vivant sous leur toit, en plus de lui-même, de sa femme et de leurs deux enfants, il ins-crivit les deux nièces écolières de Régina qui prenaient leur repas chez eux après les cours de la matinée. Et le tour était joué ; avec une famille de six membres, il était éligible aux soins subventionnés par l'ONG.

« Monsieur, vous êtes servi, fit l'assistante sociale. Vous repasserez dans deux jours ; l'autobus qui vous transportera avec votre épouse partira d'ici aux environs de treize heures. Pas de retard ! Venez au moins une heure avant le départ pour les dernières formalités du voyage qui ont lieu dans le bureau de mon épouse.

-Je vous remercie infiniment, madame, dit George, tout ravi.

-Le Seigneur vous bénisse, madame, renchérit Régina.

-Je vous en prie. A jeudi, donc, termina l'assistante sociale sur le seuil de la porte ».

A peine la porte se referma-t-elle que Régina frappa, rouvrit et demanda :

« S'il vous plait, madame, où se trouve le bureau pour les dernières formalités ?

-Juste à côté. Aviez-vous parlé avec Corrida avant de venir chez moi ? répliqua l'assistante sociale.

-Oui, oui.

-C'est elle.

-Votre épouse !? interrogea Régina avec étonnement.

-Je ne comprends pas, madame, ajouta George avec un rictus en coin.

-Vous comprendrez plus tard, monsieur. Pour

l'instant, recherchons votre guérison, fit
l'assistante sociale, très décontractée.

-Ok, au revoir, madame, dit Regina. Une femme qui
a une épouse, murmura-t-elle en faisant la moue
derrière la porte qui se refermait à nouveau ».

Le couple se tint par la main en se retirant dans
la cour, à pas pressés comme effrayés par un
berger allemand. Dans la rue, George ressentit une
douleur atroce comme il n'en avait pas eu à la tête
depuis près d'une semaine. Il stoppa sa marche et
s'accroupit sur le trottoir. Voyant le malaise de son
mari, Régina sortit de son sac à main une bouteille
d'eau et lui tendit ses comprimés. George en prit
deux et, au bout d'une vingtaine de minutes, la
douleur passa.

« Tu m'as soulagé, mon amour, dit-il. Je retrouve
enfin mes esprits grâce à toi. Merci beaucoup. Dis,
où en étions-nous avec cette visite médicale ?

-Quoi ! Chéri, tu veux dire que tu avais vraiment

un trouble de mémoire ? La visite est terminée et nous étions en train de chercher notre chemin pour le village. Nous reviendrons jeudi pour les dernières formalités dans le bureau de Mme Corrida Wlussadeh, la directrice de l'ONG.

-Ah, oui ! En effet, il me souvient que nous étions chez l'assistante sociale qui nous a renvoyés chez Corrida, se rappela George.

-Exactement. C'est elle, l'épouse de Corrida, disait-elle.

-Très bien ! Exactement ! Je pense d'ailleurs que c'est cette bizarre affaire de femme d'une femme qui a fait tourner mon sang et causé mon malaise. Je n'ai vraiment rien compris à cela.

-La dame t'a déjà dit que tu comprendras plus tard, dit Régina avec ironie. En fait, j'avais déjà observé l'attitude de Corrida qui m'a laissée perplexe. Elle me faisait des clins d'œil répétés que je mettais au compte d'un tic innocent, quand un bref regard porté sur son meuble d'ordinateur me permit de voir la couverture d'un livre intitulé « Je suis homo. Et après ? ». Là encore, je n'y ai accordé aucune attention véritable puisque mon intérêt était ailleurs.

-L'humanité, aujourd'hui, est un véritable scandale, affirma George avec une grande déception. Seuls le sexe, l'argent et les armes préoccupent et offrent le pouvoir et les honneurs. Pire, ce sont eux qui gouvernent les rapports entre les Etats ».

CHAPITRE 5

Pendant les six mois que sévit l'épidémie dans le pays, des couloirs humanitaires avaient été organisés, aussi bien par voie terrestre que par voie aérienne. Les équipes médicales des NAM (c'était le sigle de la structure de Corrida) étaient au four et au moulin pour isoler et traiter les malades et empêcher de nouvelles infections. Des vivres, des vêtements et des abris avaient été offerts aux populations fuyant les localités touchées. Aidés par la Croix rouge internationale, des volontaires s'étaient joints à ces équipes pour tenter de sauver la situation devenue catastrophique avec plus de cinq mille morts.

Dans leur action, les agents de l'organisation non gouvernementale avaient tout de même semé la terreur sur leur chemin. Le désordre causé par Ebola leur avait offert un terreau fertile pour leurs sales besognes. Le mot d'ordre, c'était, d'une part, de recruter des enfants adolescents, principalement des filles, pour les besoins sexuels des hauts responsables nationaux et internationaux qui parcouraient le pays. D'autre part, il fallait en profiter pour installer, selon une cartographie prédéfinie par le siège mondial des NAM, des commandants de zone à la disposition desquels étaient mis des stocks d'armes sophistiquées en vue de déstabiliser le pouvoir central. Armes blanches et à feu, armes lourdes et légères, toutes furent convoyées par containers dans les différentes régions du pays, sous le fallacieux prétexte de l'aide humanitaire.

En effet, un groupe très insignifiant d'Etats s'étaient constitués, à ce moment-là, en ce qu'il était convenu d'appeler la *complonauté internationale* qui s'était arrogé le droit de faire et défaire les régimes politiques à travers le monde. Un président menaçait leurs intérêts économiques dans son pays, il n'était pas bon pour diriger ; un autre s'habillait mal à leurs yeux, se vêtant de tenues traditionnelles lors de cérémonies et audiences officielles ou se privant de cravate dans un costume bien occidental, il était éprouvé de diverses manières ; celui qui escamotait les noms de souverains de leurs pays en en omettant, par exemple, la particule nobiliaire, devait sauter ; à aimer danser au cours des meetings de ses concitoyens – quel que fût leur bord politique – ou, toujours trop jovial, rire à tout le monde en public, sans style, il ne méritait pas de tenir les rênes du pouvoir. N'adhérait-il pas aux idéaux de cette secte dominatrice ou prônait-il l'indépendance économique et financière de son pays ? Trop nationaliste ou encore populiste, donc in-fré-quen-table ! Ainsi plusieurs chefs d'Etat africains furent-ils évincés, qui par des putschs, qui par des rébellions armées nées des entrailles de leurs propres peuples. Lesquels peuples que l'on avait plaisir à maintenir et gangréner exprès dans l'analphabétisme, l'ignorance et l'extrême pauvreté afin qu'ils fussent malléables et manipulables à souhait.

Les NAM étaient donc devenues le relai de cette confrérie mondialisante dans de nombreux pays, faisant l'apologie de toute l'immoralité masquée sous le large et hideux manteau des droits humains. L'ONG pratiquait tous les vices qu'avaient drainés le modernisme et la promiscuité entre pauvreté et développement : pédophilie, traite des femmes et des enfants, prostitution, proxénétisme, homosexualité, trafic d'armes et de drogue, blanchiment d'argent... Ces belles thématiques qui, chaque année à New York et Genève, faisaient l'objet de résolutions aussi kilométriques que superfétatoires.

En somme, l'intervention de l'organisation de Corrida dans le pays fut d'un doux-amer pour la population. Et George et Régina se rendaient compte de l'ampleur du choc qu'a dû causer sa présence sur le mental des habi-tants chez lesquels les valeurs religieuses et les mœurs ancestrales ne se discutaient pas. C'était d'ailleurs pour cela que George, cet intellectuel qui savait comment la religion occidentale avait été introduite dans son pays, avait pris un coup en entendant l'assistante sociale avouer qu'elle couchait avec un être du même sexe qu'elle. C'était impensable pour lui : ceux qui, la Bible à l'aisselle, avaient apporté la « civilisation » dans ce pays, étaient en train de faire

mentir les Saintes Ecritures. N'était-il plus écrit :
« *Tu ne coucheras point avec un homme comme on
couche avec une femme. C'est une abomination* » ? Et
pourtant, ce qui vaut pour l'homme vaut aussi pour
la femme : « *Tu ne coucheras point avec une femme
comme on couche avec un homme* », pourrait-on dire.
Ou bien les peuples qui avaient évangélisé ses aïeuls
auraient-ils finalement renié Dieu et abandonné
l'Eglise ? Beau George s'imaginait donc que Jean-
Paul II se retournât dans sa tombe et comprit que
son successeur, Benoît XVI, eût démissionné de son
poste avant terme.

La dérive *complonautaire* avait même habilement
maquillé tous les vieux péchés au point de faire
de la prostituée une « travailleuse du sexe »,
tandis que le métier assurant le management
de cette ignoble activité – le proxénétisme –
était, lui, hypocritement mis au pilori. Les
gens encourageaient aussi une forme d'éducation
sexuelle dite complète, intégrale, dans laquelle la

famille et l'école devaient apprendre à l'enfant de tout âge à faire l'amour comme papa et maman, à se masturber et à coucher avec un animal ou une personne du même sexe, etc., quitte à lui de choisir la voie qu'il préfèrerait plus tard. Aux enfants de la maternelle, tout comme à leurs aînés de huit et neuf ans, donc au cours moyen, l'on enseignait déjà comment utiliser la capote lors des rapports sexuels. Quelle horreur ! Apprendre à de fragiles innocents à faire du sexe alors qu'ils n'en avaient pas l'âge et qu'ils n'y pensaient même pas ! Et on appelait cela « orientation sexuelle », « droits sexuels » ou même plus largement, « droits universels ». Pourtant, ces pratiques ne faisaient nullement l'unanimité d'une région à l'autre du monde.

Par cette même incohérence découlant de nouvelles mœurs introduites en Occident par une infime partie de la population, on interdisait la fumée dans les lieux publics sans toutefois avoir le courage de bannir la fabrication et la vente de cigarettes. Au nom du business ! Pire, la rue, qui devrait être le premier des lieux dits publics à prendre en compte, était exclue de la liste des lieux d'interdiction de fumer ; ainsi, pendant que vous marchez, quelqu'un peut exhaler sa bouffée de nicotine et impunément vous embaumer le visage. C'est sa li-ber-té ! Une lutte acharnée était aussi menée contre le banditisme, le terrorisme et le port illicite des armes sans que n'en fussent interdits la fabrication et le trafic. Parce que le risque était trop grand pour les décideurs de se faire terminer par cette macabre et puissante coalition financée par les industriels fabricants d'armes. Ces faits et méfaits étaient soutenus et pratiqués par les NAM dont les tentacules parvenaient petit à petit aux extrémités de la Terre.

Régina et son mari allèrent au rendez-vous pour le voyage. Par mesure de prudence, ils avaient pris soin d'arriver dans la cour de l'ONG aux environs de neuf heures, car les formalités devaient commencer à onze heures. Cette fois-ci, leur attention était portée sur tout ce qu'ils voyaient comme publication. Sur le guéridon de la salle d'attente dans laquelle ils avaient été installés par une femme du staff de nettoyage, ils virent une revue étatsunienne spécialisée dans la défense des droits des homos, qui rapportait en anglais l'agression physique dont avait été victime une jeune femme lesbienne, en 1999, dans le métro de New York.

C'était une femme d'environ vingt-six à trente ans, très belle de visage et ayant la forme d'un homme grand au physique imposant. Vêtue d'un pantalon bleu nuit, d'une chemise manches longues bleu turquoise bien fourrée et de boots en daim, elle avait la chevelure bouclée en queue de cheval derrière la tête. Du haut de ses un mètre quatre-vingts, elle promenait sur les passagers des regards francs, avec un plaisir à fixer les yeux indiscrets. A la voir, cette posture mixte faisait aussi penser à un bel homme.

A la station de Lexington Avenue/53rd Street, la femme se projeta du wagon de tête du métro E, souriante. Trois grandes enjambées et elle prit des deux mains les tempes d'une jeune fille postée là, adossée à une barre de protection de la plateforme, non loin de l'escalator ; elle la baisa littéralement, bouche dans bouche, sans aucune gêne. Visiblement, elles avaient rendez-vous à cet endroit. Elles éprouvaient d'ailleurs, à ces heures mati-nales, un indicible bonheur à offrir un tel spectacle gratis aux dizaines de voyageurs que vomissaient par saccades les dix wagons de la longue locomotive newyorkaise en provenance de Jamaica Center, du côté de Queens. Elles échangèrent ensuite quelques mots et la fille-garçon emprunta l'escalier roulant à pas de course. Transfert au métro 6. En moins de deux minutes, elle parvint à la plateforme de 51st Street sur Lexington Avenue, direction Downtown, où se tenait une autre jeune femme flegmatique qu'elle baisa aussi vigoureusement que la précédente avant même de l'avoir saluée.

Deux hommes l'ayant remarquée à la descente du train l'accostèrent. Ils l'entraînèrent dans un coin vers l'ascenseur et, sans qu'elle n'eût le temps de demander leur identité, la giflèrent avant de la projeter sur les rails pour ensuite se fondre dans les couloirs de la station. La femme eut son salut grâce à la foule de passagers qui avaient accouru. Au même moment, la police de faction sur la plateforme opposée, alertée, se mit à pourchasser les deux inconnus. Arrivés sur les lieux, deux flics prirent la victime de côté pour l'entendre et l'accompagner jusqu'à sa destination finale. Elle leur raconta sa mésaventure en clamant son innocence et affirma avoir été agressée pour son homosexualité. Ce qui, selon elle, était une violation grave de ses droits. Le journal en conclut que, vu que l'Etat de New York avait adopté le mariage gay, les actes d'homophobie ne pouvaient encore longtemps y être tolérés.

Régina et son mari furent davantage choqués en lisant ce reportage. Eberlués, ils s'interrogeaient s'il existait vraiment des parlements qui adoptaient des lois encoura-geant cette abominable pratique.

« C'est à croire que l'homosexualité a gagné le monde entier. Je pense que la majorité des pays européens ont dû aveuglement faire comme les USA, fit Régina.

-Oh ! ce sont des choses que certains citoyens d'une certaine couche socio-professionnelle ont introduites, réagit George. En fait, ces citoyens militent au sein d'une société civile tellement organisée, avec de gros moyens, que les dirigeants ne font qu'imposer la vue de cette minorité aux autres. De telles organisations, non seulement constituent des groupes d'influence craints à l'échelle mondiale, mais sont aussi le vivier de toute l'indécence observée au sommet de nombreux régimes. Autrement dit, même aux Etats-Unis d'Amérique, ce ne sont pas tous les Etats qui ont légalisé la pratique, bien que la di-plomatie du gouvernement fédéral la défende crânement dans le système international, ajouta-t-il.

-Juste pour préserver leur pouvoir, renchérit Régina.

-Exactement.

-Hum ! C'est vrai qu'ils ont la liberté de faire chez eux tout ce qu'ils veulent ; mais le drame est qu'ils obligeront les autres peuples à faire ce que leurs mœurs et croyances réprouvent, observa Régina.

-Un vrai drame, car pour que quelqu'un lutte pour une cause, il faut bien qu'il l'épouse, lui-même.

-Ce qui signifie qu'il n'est pas exclu d'avoir des présidents, ministres, sénateurs, maires et hauts fonctionnaires gays, lesbiennes et transgenres.

-C'est très courant, chérie. Par exemple, le secrétaire exécutif du groupe des Trente-six (G36), ministre des Affaires étrangères de son pays, est à la fois gay et pédophile. Son élection à la tête de cette organisation internationale avait été conditionnée par sa disponibilité à légiférer, durant son mandat, en faveur de la promotion des droits des gays et lesbiennes. Il lui avait d'ailleurs été enjoint, pendant la campagne, de coopérer étroitement avec les NAM qui devraient bénéficier de moyens colossaux de la part du G36.

-Malheureusement, ils ne se limitent pas à leur cercle d'amis ! regretta Régina quand vint Corrida.

-Vous êtes très ponctuels, chers amis, dit celle-ci en serrant la main au couple. Comment se sent notre monsieur aujourd'hui ? interrogea-t-elle en tapotant l'épaule de George qu'elle a salué en dernier.

-Un léger mieux, malgré la persistance des douleurs

dans la tête, répondit l'instituteur.

-Evidemment, il vous faut cette opération. Vous vous en porterez mieux. Allez, suivez-moi. »

Régina semblait désormais peu préoccupée par la santé de son époux aux côtés duquel elle prit place dans le bureau de la directrice nationale. Un seul coup d'œil lui suffit pour s'apercevoir que Corrida avait toute une bi-bliographie sur la liberté sexuelle, la vie et les droits des LGBTQI. Elle se convainquit que l'affaire était sérieuse. Fallait-il affronter la dame tout droit sur la question ? Ce serait trop risqué ; l'issue de la conversation pourrait être en sa défaveur. Un clin d'œil de son mari l'en dissuada.

Corrida entreprit les formalités de voyage nécessaires. Avant de les libérer, elle déclara spontanément à Régina : « Si, pendant la durée de l'hospitalisation de votre mari, vous éprouvez le désir de revenir me voir, n'hésitez pas. Faites-le-moi savoir ou contactez mon épouse, j'enverrai un chauffeur vous chercher à Gnanganville ». Dans l'entendement de Régina, cette offre n'était pas anodine ; c'était plutôt intéressé. Elle répliqua simplement : « Vous êtes gentille, madame. Merci infiniment ».

A midi quinze, le bus fit son entrée dans la cour. Le départ, c'était pour treize heures. Une soixantaine de personnes attendaient d'embarquer. Les malades et leurs accompagnants étaient assis sous un grand préau, au milieu de la cour. A une cinquantaine de mètres d'elle, Régina reconnut Brimougou, le soi-disant spécialiste des injections *intrajambaires*. Aussitôt, une haine l'habita. Le souvenir de l'agression dont elle avait été victime de la part de ce rebelle provoqua en elle un profond dédain pour lui. Elle chuchota à l'oreille de George qui feignit de regarder dans la direction opposée afin que le capitaine ne soupçonnât rien en les voyant.

« Il a complètement changé ! constata Régina d'un air répugnant.

-J'ai l'impression qu'il a été très éprouvé par la guerre, répliqua George après avoir jeté un coup d'œil furtif sur l'homme.

-Peut-être a-t-il un parent malade ; je vais m'approcher pour bien voir, proposa la femme.

-Ne crains-tu pas que ta présence réveille en lui un certain sentiment de mépris ? N'oublie pas qu'un ex-rebelle reste toujours sur ses gardes, dans la même logique d'agressivité que pendant la période des hostilités. On a beau négocier la paix, ils restent des serpents endormis même lorsque leurs objectifs ont été atteints.

-Tu penses qu'il puisse s'en prendre à moi publiquement ? Ici, dans ce camp !?

-Essaie, alors. D'ailleurs, lui-même devrait remercier le Ciel que je l'aie croisé en ces lieux, dans cet état. Heureu-sement pour lui ! concéda George, quelque peu énervé.

-Il n'a pas cœur, chéri. S'il ose, soit il me tue ou c'est moi qui le chiffonne devant tout le monde ».

Un tour de bras et Régina confia son sac à main à son mari, de sorte qu'elle n'eut pas le temps d'essuyer une particule de mie de *tratra* collée au-dessus de son genou gauche. Quelques pas suffirent pour qu'elle se retrouvât en face de son agresseur.

CHAPITRE 6

Brimougou, sentant une ombre obscurcir sa vue, leva les yeux et scruta la femme de haut en bas. C'était une femme élégante dont les jambes de mortier, qui se dessinaient sous une robe taillée dans un tissu aux motifs kita, prenaient leur source dans deux rondeurs symétriquement saillantes dont la tangente verticale dessinait un plan laissant transparaître la silhouette d'un serpent debout le long du bois de *tiyè*. Régina n'avait pas de ventre ; sa riche poitrine était serrée dans l'habit, prolongée par des épaules de jument bien nourrie qui servaient de base à des bras tout aussi géométriquement proportionnés. Le cou coupé–coupé de sta-tuette akan trahissait le sobriquet de *kingnonon* (femme-zèbre) que lui avaient attribué les vieilles mamans de Pingbwa. Au sommet, ce corps divinement sculpté était surmonté d'une tête coiffée d'une comète de cheveux nattés. Son doux visage était identique à celui d'un innocent et insoucieux nourrisson, duquel brillaient deux éclatantes noix blanc noir.

Pour la circonstance, Régina s'était débarrassée de toutes fioritures, sans bijoux ni maquillages. Le commissaire Brimougou la scanna en un laps de temps. Ce premier regard ne lui suffit pas. Un second. Or, comme disait un pasteur, pour ne pas pécher, il ne faut pas un troisième regard. En effet, le premier sert à la vue naturelle dénuée de toute tentation ; le deuxième, à s'assurer de ce que l'on a vu ; et le troisième, soit à réprouver en maudissant, soit à aimer par convoitise. Celui-ci, qui consiste à pécher contre Dieu, l'ancien commissaire de police ne s'en priva pas. Il tenta de céder son siège à la dame – non seulement par galanterie, mais aussi par intérêt – lorsque leurs regards se croisèrent. Mais Régina, surprise de le voir amputé d'une jambe, refusa l'offre :

« Merci, c'est gentil, dit-elle en voyant l'homme se lever avec peine. Restez assis, monsieur.

-Ils n'ont pas assez de chaises, alors qu'ils savent combien ils ont de monde à gérer, observa-t-il.

-Oui, ils sont débordés aujourd'hui à cause du voyage. Mais, pas de souci pour moi ; je suis assise de l'autre côté.

-Vous serez du convoi aussi ?

-Oui.

-Apparemment, vous êtes bien portante. Moi, je suis un blessé de guerre. Dans la zone Sud-Est-Centre (SEC) où je vis, j'ai eu un accident pendant la deuxième année de la crise. Ma jambe a été bousillée près du lac par cette bâ-tarde de mine posée par les miens.

-Ah, oui ? Ils auront fait beaucoup de dégâts, ces gens !

-Je ne vous le fais pas dire. Ils...

-Y étiez-vous en service au moment du déclenchement de la crise ? interrogea Régina en interrompant son interlocuteur. Vous êtes un assaillant ? ajouta-t-elle en jouant l'étonnée, le regard fixé sur le nez de l'homme ».

A l'époque, les négociations de paix achoppaient et la rébellion occupait encore une partie du territoire national. Les Forces patriotiques pinaillaient sur des strapontins ; elles réclamaient maintenant au gouvernement, entre autres, des postes d'instituteurs et d'agents de douane aux frontières pour des combattants analphabètes, après s'en être arrogé, bien sûr, de plus importants dans les ministères de souveraineté : directeurs de cabinets, gouverneurs de régions, présidents de tribunaux d'audiences foraines, etc. Ils avaient même réussi à inonder la commission chargée des élections et la cour constitution-nelle. Mais nonobstant ces garanties pour une accession au pouvoir offerte sur un plateau d'or, les armes parlaient, chantaient, criaient et pleuraient toujours dans certaines contrées du pays. Les NAM, elles, s'occupaient aussi bien des victimes de la guerre, quel que fût le bord dont elles relevaient, que des malades infectés par le virus. C'était ainsi que Brimougou pouvait se faire traiter dans la partie sous contrôle gouvernemental, lui qui avait été blessé dans la zone SEC.

« Madame, il n'y a pas d'assaillant dans ce pays. Nous sommes tous des fils de la même patrie, dont certains ont cru bon de réclamer la justice et le progrès dans la transparence, déclara l'officier rebelle, en réponse à la question de Régina.

-Oui, mais vous avez combattu pour la rébellion, ajouta-t-elle.

-Il est regrettable que le pays en soit arrivé à cela, ma chérie. Pour dire vrai, j'ai combattu à l'est où j'ai dû me faire abîmer la patte par cette mine bâtarde et ingrate. Et pour rien en récompense, puisque les Forces patriotiques n'ont vraiment rien, ni pour rémunérer les efforts des combattants, ni pour les soigner en cas de blessures.

-Vous le regrettez, monsieur ?

-Sincèrement, oui. Figurez-vous que mon unité dans la zone était placée sous le commandement d'un colonel européen. Un Blanc. Tous armements fournis ! Et nous étions comme des instruments entre les mains de ces pays nantis. Parmi nos éléments, se comptaient de nombreux ressortissants africains dont la plupart étaient des analphabètes cancrelats.

-Cela galvanisait davantage vos troupes, n'est-ce pas ?

-Oui, car selon nos parrains, c'était une réponse à la présence de mercenaires et de miliciens au sein des forces loyalistes. Vous savez bien que dans sa fébrilité face à l'avènement de la rébellion, le gouvernement faisait aussi feu de tout bois, non seulement en recrutant des miliciens, mais aussi en armant lourdement des soldats de pays amis. En plus, après tout, le mobile était noble : pour nous, c'était de favoriser l'avènement d'une société véritablement démocratique et égalitaire.

-C'est cela, la chanson : démocratie ! rétorqua Régina. Celle conduite par le bout des canons des démons du nouveau siècle ! Je parie que les esclavagistes de Gorée et de Dahomey eussent été très mal inspirés en pratiquant cette barbarie de *démoncratie*, car leurs négriers auraient traversé les océans à vide. Ils n'eussent pas réalisé leur rêve. Tout comme le piètre colonisateur qui mit en avant la force des armes en Algérie et au Vietnam pour s'imposer à d'innocentes populations.

-C'est pas faux, madame. Les armes font beaucoup de tort à notre continent. Finalement, je vois en ces guerres successives, une manigance de la part des démographes adeptes d'une certaine politique de réduction de la fécondité et de la natalité, pour faire chuter, au nom du développement, les statistiques africaines. N'est-ce pas d'ailleurs une déclinaison de cette méchante pratique qui se dissimule aujourd'hui dans de nouveaux concepts démographiques distillés dans les pays du Sud ?

-Je ne sais rien de ces concepts, répliqua Régina en signe de boutade.

-Vous êtes très sympa, madame. Très belle aussi, dit Brimougou comme pour changer de sujet.

-Merci, monsieur. Dans quelle circonscription avez-vous combattu exactement ? interrogea la femme pour ramener son interlocuteur sur terre.

-Là où la crise m'a trouvé : j'étais officier de police ici-même à Djbèhèwlô.

-Et puis ?

-J'y ai joué le rôle que m'imposait ma conscience, car aucun ordre ne provenait de nulle part. Il n'existait en réalité pas de véritable hiérarchie à ce moment-là ; nous devions prendre des initiatives pour atteindre l'objectif général. Le militaire blanc, lui-même, ne maîtrisait pas le terrain.

-Vous étiez commissaire de police, n'est-ce pas ?

-A quoi le savez-vous ? Tiens, elle semble bien me connaître.

-J'ai seulement entendu parler de vous. Capitaine Bri-mou-gou !!

-Eh, oui ! c'est moi, l'homme aux trois barrettes.

-Spécialiste de l'*intrajambaire* ! La rébellion a ouvert beaucoup de plaies dans notre nation. Le reconnaissez-vous ? »

Cette question était très embarrassante pour Brimougou. Quelle réponse y donner pour faire plaisir à Régina sans s'autocensurer et porter le fardeau d'une conscience sociale ? De toute évidence, l'homme avait fait le choix bon selon ses convictions. Cependant, il rêvait de conquérir le cœur de la belle dame. Il resta alors évasif : « Il faut que les citoyens se réconcilient pour faire avancer le pays, se contenta-t-il de dire. »

Réconciliation ! Pour amener les populations à la ré-conciliation, le gouvernement avait mis en place une commission nationale dont la lourdeur, la lenteur et le parti pris ne permirent pas de ramener la paix, ne fût-ce qu'entre deux petits citoyens dans un seul hameau. Le premier responsable de la structure était lui-même trempé jusqu'aux mâchoires dans les querelles, rempli de haine contre ses adversaires d'antan. Ce fut un échec criant ! Alors, un ministre déclara que la réconciliation était une affaire de cœur qui devrait s'opérer entre individus, comme si l'Etat n'y avait aucun rôle à jouer. Aveu d'un échec collectif dans un environnement où les uns et les autres portaient encore les stigmates d'une agression tantôt sans visage tantôt aisément identifiable.

Or, dans une situation de post-conflit, comment réussir à se pardonner et s'accepter mutuellement si nul n'est prêt à courageusement confesser son tort et demander pardon à la victime ou à son représentant ? Quelle paix faire si le plus fort continue à brimer le plus faible, le vainqueur continue d'écraser et de marginaliser le vaincu qui, de son côté, nourrit chaque jour une rancune viscérale le poussant à vouloir constamment agresser et déstabiliser l'autre ? Le processus de réconciliation mené à coups de plusieurs milliards de *wahi* n'était-il pas une simple copie dénaturée de ce qui fut fait auparavant sous d'autres cieux ?

A ressasser ces choses, Régina ne voulait aucunement perdre de vue Brimougou. Elle rétorqua : « Et si la réconciliation avait échoué ?

-Sapristi ! Nous devons éviter d'en arriver là, madame. Autrement, ce sera la catastrophe, s'inquiéta l'ex-policier.

-Dans votre propre cas, vos victimes seraient en train de vous rechercher pour que vous les honoriez et dédommagiez publiquement. Seriez-vous prêt à exprimer des regrets sur la place publique, devant un tribunal coutumier ou moderne ?

-Volontiers.

-Que vous reprochez-vous personnellement ?

-Il n'est pas facile d'être son propre juge, madame.

-A moins que l'on ait la crainte de Dieu et que l'on s'hu-milie, dit Régina.

-Peut-être, mais combien ont foi en Dieu ? Et puis,

celui qui craint Dieu pèche-t-il contre Dieu ?

-Il est possible de changer de vie après avoir péché. Tout dépend de la disposition du cœur ; sinon la conscience, elle, est toujours en éveil, qu'on le veuille ou non.

-C'est vrai, mais il faut un environnement et des concours de circonstances favorables pour cela ».

CHAPITRE 7

Alors que l'un des collaborateurs de Corrida invitait les uns et les autres à embarquer à bord de l'autocar de soixante-dix places, Régina regagna son siège sous la paillote, aux côtés de son mari. Elle n'eut pas le temps de décliner son identité puisque son interlocuteur ne la lui avait pas demandée. Au fait, il n'y avait pas pensé, tellement qu'il s'était laissé obnubiler par la compagnie de cette envoûtante beauté. C'était au moment où la femme s'asseyait que Beau George vit le bras levé du capitaine demandant à Régina de repartir vers lui. Trop tard ! Du moins pour l'instant, car le mari réagit également par un signe de la main comme pour dire : « Plus tard ».

Le bus quitta le parking du centre d'accueil des NAM à l'heure prévue, laissant derrière lui une bonne douzaine de retardataires qui avaient cru que ç'aurait été une heure indicative. La fameuse « heure africaine » qui fait tant de mal au continent noir. En effet, sous les tropiques, jamais pressé ; on a tout le temps pour soi ; on peut aller aux réunions, évènements officiels et autres rendez-vous importants selon la montre de notre petit cœur ; de toutes les manières, ça ne commencera pas à temps, se dit-on toujours.

Ainsi des gouvernants, y compris des chefs d'Etat, surtout ceux de la génération *yafohi*, étaient-ils

passés maîtres dans l'art. Ils faisaient atten
des diplomates étrangers pendant des heures
leurs cabinets ; les cérémonies des fêtes nationale
annoncées à cor et à cri par des communiqués
du protocole d'Etat commençaient souvent avec,
dans le meilleur des cas, jusqu'à une heure de
décalage ; pareil pour les interminables cérémonies
de présentation de vœux des corps constitués aux
souve-rains à l'entame d'une nouvelle année.

Il se racontait même que les deux précédentes
années, deux ambassadeurs occidentaux, ayant
désespérément attendu l'arrivée du président de la
République sous des bâches chauffées à plus de
quarante-cinq degrés par un soleil d'harmattan,
décidèrent de rentrer à leurs chancelleries
respectives où ils avaient d'autres chats à fouetter
pour le compte de leurs capitales. Cela créa
évidemment des incidents diplomatiques entre le
pays accréditaire et les deux pays d'envoi. Une
affaire qui, bien sûr, se termina au désavantage

tat d'accueil : la société nationale de gaz vit

ifiés à la baisse les termes du contrat la liant à

es des deux grandes puissances.

fur et à mesure que le bus roulait, George et

egina poursuivaient leur causerie sur les effets négatifs directs et indirects de l'heure africaine sur le développement du continent noir. L'instituteur n'hésita d'ailleurs pas à faire le parallèle entre le comportement du commun des citoyens et cette mauvaise pratique qui avait cours au sommet de l'Etat. Ce qui se passe en milieu macroscopique se produit textuellement en milieu microscopique, et inversement, dit un dicton ; ainsi les jeunes gens qu'il avait vus dans la sphère rurale ne se levaient-ils pas de leurs lits avant neuf heures et se rendaient aux champs quand le soleil était presque monté au-dessus de la tête. Ils emportaient avec eux les petites boîtes musicales dotées de récepteurs FM et de clés USB pour suivre l'actualité et écouter les bons sons mondains du pays. Ecouter de la musique en pleins labeurs ? En plus, en Afrique ? Ils n'avaient apparemment pas de problème ! A midi pile, ils déposaient machettes, haches et *gbolokwii* (gants de peau d'animal) pour bouffer comme des gloutons. Dès que le soleil passait les trente degrés par rapport à la verticale, ils commençaient à ranger les outils sous les feuilles mortes pour chercher le chemin du retour. Ils auraient le temps de revenir le lendemain. Et puis, de toute façon, la saison des friches était encore longue, il ne servait à rien de courir.

C'était derrière de telles réflexions que, dans leur igno-rance des changements climatiques qui menaçaient déjà chaque jour les différentes régions du monde, ce nouveau type d'agriculteurs se cachait sans exception. Résultats, les pluies arrivaient sans que leurs chants fussent passés aux flammes ; maigres récoltes ou absence totale de production ; famine. Pire, leurs greniers étaient dépourvus de semences pour la saison suivante et rien ne pouvait apaiser la faim des tout petits.

En fait, le temps n'a pas de sous-unités dans la plupart des cultures africaines. C'est une globalité incommensu-rable et infinie qu'on a toujours avec et pour soi. Il y a juste un soleil et une lune qui permettent de distinguer entre un matin, un midi et un soir. Trois périodes à l'intérieur desquelles les êtres, les choses et les évènements se meuvent indifféremment. Ainsi, un évènement était programmé à huit heures, il pouvait débuter à neuf ou dix heures, c'était toujours le matin ; prévu à vingt heures, il commençait à vingt-trois heures ou minuit, c'était le soir. Il en était ainsi ! Et chacun restait chez soi, estimant que personne ne serait sur les lieux à l'heure fixée. Alors, la mode, maintenant, consistait à annoncer les évènements pour débuter deux heures avant l'heure souhaitée, par une tacite convention sociale. Là encore, personne ne se pointait à temps, voire du tout, puisque les organisateurs étaient finalement pris pour des plaisantins qui ne savaient pas ce qu'ils voulaient.

Sous les tropiques, le temps n'est pas sacré. On peut le bafouer, s'en foutre à souhait et le gérer selon que bon semble. Or, c'est là que la course effrénée est ratée. On ne se développe pas si on n'a pas le courage de compter les secondes d'une montre, de la première à la vingt-qua-trième heure.

« Et si les pays développés freinaient leur avancée, l'A-frique pourrait-elle réussir le rattrapage ? s'interrogea Beau George.

-Quelle idée, chéri ! Tu rêves ou quoi ? rebondit Régina à la question de son homme.

-Sérieux, ma puce. Tu sais que le développement est considéré comme un processus jamais achevé ; alors, si ceux qui sont en avance s'arrêtent un peu, les autres auront la possibilité de les atteindre. Non ?

-Arrête ça, George ! fit Régina d'un air moqueur. Tu ima-gines les Etats-Unis, la France ou la Corée du

Sud freiner un jour leur développement ? Et que dire des pays afri-cains eux-mêmes ? Sont-ils prêts à évoluer au point de rattraper les autres ? Je pense qu'il ne faut pas voir la chose de cette façon. Il n'y a qu'à prendre la décision, pour ceux qui sont en retard, de planifier leur évolution et trouver leurs propres moyens pour y parvenir.

-En effet, vouloir se développer en comptant sur les autres ne fait qu'enfoncer davantage dans l'abîme de la misère populaire. Les autres utilisent les impôts prélevés sur leurs populations pour les injecter dans votre développement ; la suite, c'est de vous sucer jusqu'au trognon pour récupérer ce qui vous a été prêté ou offert.

-C'est ainsi que ça fonctionne en réalité, conclut Régina ».

Le chauffeur du bus fit une annonce au micro : « A la prochaine jonction, dans à peu près un quart d'heure, nous marquerons un arrêt pour permettre aux uns et aux autres de se relaxer et de se désaltérer. Attention, l'escale ne dure pas plus de vingt minutes ; ne vous éloignez donc pas du bus et surtout ne vous oubliez pas ».

Un léger murmure teinté de rires suivit l'annonce. Pour détendre l'atmosphère, le chauffeur Pouikwla Tshililo jouait le clip d'un groupe de rappeurs argentins. L'homme était un gaillard métis zoulou-afrikaner de nationalité sud-africaine. Il travaillait depuis neuf ans avec les NAM, après avoir servi successivement dans son pays, au Rwanda et en Namibie. Il avait été affecté à Djbèhèwlo depuis dix-huit mois. Un an et demi passé à chauffer le même siège de cet immense bus, à transporter des hordes de touristes sanitaires et à jouer les mêmes dvd sur ce tronçon parfois cahoteux qui serpentait la forêt noire du Goh et la savane herbeuse de Tiala.

Pratiquement deux fois par semaine, Pouikwla faisait la connexion entre ces deux végétations opposées et séparées par la nature. Il avait ainsi vu les cas les plus impensables de victimes de l'atrocité d'un conflit comme celui qui avait affecté ce pays. Yeux désorbités, nuques ouvertes, enfants émasculés, femmes amputées de seins pourtant frais et bien portants, braves gens estropiés... Il avait tout vu ! La souffrance des victimes de guerre, il la vivait au quotidien dans l'exercice de sa profession. C'est pourquoi la musique qu'il jouait était diversement interprétée par les passagers : soit comme un moyen de sou-lager leur douleur ou la preuve de son insensibilité à leur cause.

La cadence hautement moderne était un beat effréné puisé de la culture étasunienne ; elle sortait tout droit des grands studios de Times Square, Miami ou San Francisco. Travaillée ensuite à Montevideo avant de traverser l'Atlantique. Le clip aux nombreux effets spéciaux faisait scintiller des couleurs chatoyantes qui agressaient la vue des plus âgés tout en faisant le plaisir des enfants. On y voyait aussi des danseurs, filles et garçons presque nus, qui se trémoussaient et se frottaient les poitrines les unes contre les autres ; ils simulaient même des scènes obscènes offrant l'image de chiens et chiennes en copulation. Plus choquant, c'étaient des plans présentant des gens du même sexe en train de se câliner et se lécher réciproquement et tendrement la langue, d'une certaine habileté inouïe.

« Monsieur Tshililo, veuillez changer la vidéo, s'il vous plaît ! », ordonna au chauffeur un voyageur assis au fond du car. Cette interpellation encouragea hommes et femmes à murmurer en signe de réprobation à l'encontre du clip. Mais le conducteur n'en était point ému. Il sifflotait d'ailleurs un air imperceptible, tant les plaintes montaient en intensité. Finalement, il se sentit obligé de réagir lorsqu'une jeune femme l'approcha pour calmement lui demander de stopper la diffusion du clip : « Qu'est-ce qu'il y a de mauvais en cela ? l'interrogea-t-il.

-Les images choquent la sensibilité des gens que tu transportes, lui répondit gentiment la femme.

-Et pourquoi, madame ?

-C'est contraire à la culture et aux mœurs de plusieurs d'entre nous ici, si ce n'est de tous.

-Et pourtant, c'est un produit qui a été légalement importé dans votre pays.

-Il est vrai que le produit a été importé, mais cela n'oblige pas les habitants à abandonner leurs mœurs. Tant que personne ne s'en plaint, tu peux le jouer ; mais dès lors qu'un seul individu le blâme, il faut comprendre. Il s'agit là, cachées derrière de la belle musique et des jeux de couleurs, de scènes prônant le libertinage, l'impudicité, la zoophilie et l'homosexualité, des pratiques non auto-risées dans notre pays.

-Etes-vous déjà allée en Afrique du Sud ou aux Etats-Unis, madame ?

-Jamais !

-Eh bien ! là-bas, c'est libre d'être homo et ça
ne dérange personne. D'ailleurs, vous avez des
compatriotes dans ces pays, qui cohabitent avec les
LGBTQI.

-Monsieur Tshililo, ici, ce n'est pas là-bas. Je vous
parle de mon pays ! Chaque peuple a ses mœurs,
chaque nation à ses lois. Pour l'instant, ce pays n'en
est pas là ! D'ailleurs, dans vos pays qui ont adopté
ces pratiques ignobles et contre-nature, combien
sont-ils qui s'y adonnent ? En réalité, ce n'est
qu'une petite partie de la population qui, fougueuse
et gueularde, s'agite jusqu'à tordre le bras aux
gouvernements et aux parlements pour leur
reconnaissance. Sinon ce sont de vraies minorités
incapables d'influencer le résultat d'un scrutin. A
moins que...

-Bon, madame, dites-moi quelle musique jouer, dit
Tshililo pour abréger la discussion. Je dois me

concentrer sur le volant, comprenez ? ajouta-t-il d'un air quelque peu tendu. »

La femme se retira sans rien dire, assurée que le Sud-Africain s'était ainsi avoué vaincu dans ce débat. Elle, c'était Régina.

Sur ces faits, le chauffeur résolut de ne plus jouer de vidéo au cours de ce voyage.

CHAPITRE 8

L e bus parcourait la belle forêt verte et noire aux arbres gigantesques dont l'ombrage diffusait un air frais. A tel point que, comme à son habitude sur ce tronçon du parcours, Tshililo arrêta la clim à bord. En guide touristique, il invita les passagers à profiter de ce bien naturel.

Le long du chemin, sous le haut bois, des buissons

touffus s'entremêlaient de-ci de-là avec des arbustes aux fruits colorés pendant sur de frêles branchages qui rési-staient difficilement au poids de ces frais et éclatants bijoux, véritable providence divine malheureusement abandonnée aux bêtes et bestioles. Ah, que la nature a gâté cette partie du monde ! Tout s'y trouve pour le bien des habitants, mais ces ressources sont mal ou peu exploitées. On se plaisait à consommer de la pêche, du raisin, du kiwi, du radis et tout ce qui n'était pas du terroir, et à des prix exorbitants, alors que la forêt et la savane regorgeaient de milliers de produits à forte valeur nutritionnelle qui pourrissaient en toutes saisons. En effet, disait un prédicateur, Dieu n'a créé aucun pays ni région pauvre ; il n'y a que les fainéants et les peu ingénieux qui se vautrent dans le misérabilisme et se complaisent dans une constante dépendance de l'extérieur. Autrement, les *néré, biao, sra, manh, fôkiê, sonhi, tchinancoco* et autres sont autant de fruits, noix, légumes et tubercules que les agriculteurs auraient pu aisément dompter et sortir de la brousse pour en faire des denrées très prisées et vendues cher dans le commerce international. Même les régions désertiques n'ont pas été inventées par le Créateur pour servir d'inutiles décors ; les déserts sont riches, c'est connu de tous ! D'où les conflits armés qui y sont régulièrement fomentés. Leurs mines pétrolières, leur soleil accablant et leur végétation dégarnie sont, à eux seuls, d'immenses sources de potentialités concurrentielles. Et si le pétrole ne se mange pas, eh bien ! il cohabite très bien avec les chameaux et les ânes dont les produits satisfont les besoins nutritionnels de ceux qui y vivent. Point n'est besoin d'importer des fruits exotiques pour cela, il suffit plutôt de cultiver les fruits comestibles dont la nature a doté ces régions.

Dans les profondeurs de la forêt, se perdaient quelques toitures dont l'éclat éblouissait les curieux regards qui transperçaient cette muraille verte d'où provenait une saine exhalaison.

« Quelle paisible vie ! chuchota Régina à l'oreille de George quand le chauffeur eut marqué une pause dans son commentaire.

-C'est vraiment joli, sain et calme ; un environnement qui transporte l'âme, un beau cadre pour les créateurs, reprit l'homme ».

Après quelques dizaines de minutes, le bus s'arrêta juste en face de tas de plantains mûrs et non mûrs exposés à la vente à même le sol. Le conducteur rappela la consigne des vingt minutes d'escale et autorisa les passagers qui le souhaitaient à descendre. A peine eut-il déclenché l'ouverture automatique de l'engin que des vendeurs à la criée s'y agrippèrent de toutes parts : par les deux portières, aux fenêtres, devant, derrière. Tout autour, l'on n'entendait que des « Y'a maïs ! Y'a œuf ! De l'eau glacée ! Voici bon banane avec orange ! ». Des femmes et des adolescents en majorité de moins de seize ans, rôdant, trimant et cuisant sous un soleil caniculaire depuis les premières heures de la journée. Leurs cris, mêlés aux vrombissements des moteurs qui stationnaient au fil des minutes, empêchaient d'entendre de loin. Mais la valeur inestimable de leur service faisait oublier toute cette nuisance dont la musicalité finissait d'ailleurs par égayer les malades et autres invalides qui, restés à bord, se gavaient soit de banane-braisée-arachide – le snack national par excellence – soit de pain-condiments ou de *choucouya*, le kébab ouest-africain.

Ceux qui étaient descendus, eux, s'offraient des vivres bon marché sans tenir compte de la pollution dans laquelle baignaient allègrement ces produits. Certains se contentaient de fruits ou d'œufs tandis que d'autres dévoraient de véritables festins dans les maquis envi-ronnants. Ces derniers prenaient calmement leur temps à s'empiffrer de soupes pimentées d'*ébolas* accompagnées d'*attiéké,* de *foutou* et de vin rouge. En fait, c'est au cours des longs voyages que les gens dégustent le plus souvent leurs plats préférés ou découvrent la meilleure gastronomie du monde. Sinon, en temps normal, on fait rien avec ça ! D'autres encore se bornaient à utiliser les toilettes publiques, non conventionnelles, ou à lancer quelques appels téléphoniques pour s'enquérir des nou-velles de leurs proches.

« Pan, pan, pan !!! ». Le klaxon de Tshililo tonna bruyamment dans cette gare de fortune communément appelée « corridor ». Les passagers non encore revenus étaient ainsi invités à reprendre place à bord du bus. Une seconde sonnerie et l'impatience commença à habiter ceux qui avaient déjà embarqué. De son mégaphone, le Sud-Africain informa que l'escale prendrait fin dans deux minutes. Dans la précipitation, les voyageurs regagnaient leurs sièges.

« Qui n'a pas son voisin ou sa voisine ? interrogea le

chauffeur qui passait entre les rangées en guise de contrôle des présences.

-Il manque deux derrière ! lança Régina en voyant deux sièges vides dans le fond.

-Quelqu'un a-t-il leurs contacts, s'il vous plaît ? ».

Personne n'était en mesure de fournir les numéros de téléphone des deux absents. Régina affirma seulement les avoir vus commander de la nourriture dans un maquis. Les deux amis avaient choisi ce laps de temps pour s'enjailler dans un bon plat solide et chaud. Ils étaient en train de prendre leur repas sans s'apercevoir que le délai accordé avait expiré. Exactement trois minutes supplémentaires et le bus démarra.

Du coin où ils se régalaient, les deux hommes ne se souciaient de rien ; ils s'étaient même jetés dans de petites causeries avec les serveuses, les taquinant et tapotant parfois. Ils partageaient avec les autres clients la joie de consommer de la viande de brousse après la levée récente de la longue interdiction due à l'épidémie de la « Tueuse en vitesse ». C'était comme à une agape : ça mangeait, buvait et devisait, quelquefois avec des coq-à-l'âne, dans un environnement où les décibels étaient montés au pa-roxysme.

Ils accoururent après que le bus eut quitté la gare. Affolés, ils ne se souvenaient plus ni de la taille ni de la couleur du car qui les avait transportés ; ils essayaient néanmoins de l'identifier dans ce désordre organisé. L'un d'eux se souvint que le véhicule était estampillé du logo de l'ONG Nations du monde, sur les côtés. Alors, marchant, courant, ils cherchaient cette image sur tous les véhicules stationnés là. Ils allèrent même regarder dans des endroits où ça ne pouvait pas être, jusqu'à ce que, sur le témoignage de trois jeunes vendeurs ambulants, ils s'avisassent de leur mésaventure : Tshilolo avait tenu parole, respectant la montre.

En tant qu'accompagnateurs de victimes de guerre,

ils se devaient de rattraper le bus et les patients. Sinon, comment ces derniers pourraient-ils s'en sortir au centre d'accueil, arrivés à la capitale ? Les deux infortunés résolurent donc d'emprunter un autre véhicule.

Le *massa* qui les conduisait roulait à si vive allure que l'espoir pour eux était grand de réussir le pari avant que Tshililo ne se fondît dans la nature et prît la direction du centre des NAM. Ce fut fait juste à l'entrée de Gnanganville.

CHAPITRE 9

Gnanganville, la capitale ! C'était une cité héritée de la colonisation. Elle avait été bâtie au bord de Niklaha, le plus important fleuve du pays dont la rivière Nibou est un affluent. A l'époque, les intentions étaient encore bonnes bien qu'empreintes d'inégalités sociales et de mépris racial. Le colon, qui rêvait de se créer un nouveau monde où régner en demi-dieu, avait érigé le quartier des affaires sur un plateau. Sa résidence, elle, était perchée sur une colline séparée du centre-ville par le fleuve. Du haut de sa citadelle, il pouvait voir, vers l'ouest, le quartier populaire construit dans une vallée, un creux, un trou ; là où, évanescents, hommes et femmes, grands et petits, se vautraient dans la misère, la boue célinienne.

La ville, à l'époque coloniale, avait pour atouts les rives de Niklaha longées de ruelles bitumées. Une artère principale – la Voie triomphale – partait de la rive est du fleuve à la résidence du gouverneur résident. Ses deux extrémités étaient faites de ronds-points plantés de fleurs de toutes couleurs offrant à la capitale une beauté rafraîchissante. Les rues secondaires avaient leurs trottoirs libres, réservés aux piétons. La signalisation routière était en évidence bien qu'il n'y eût pas encore assez de véhicules. En tout cas, les infrastructures étaient à la mesure du niveau de l'urbanisation ; le commerce et le transport étaient très disciplinés, conformes aussi bien aux textes de la métropole qu'à ceux du futur Etat. L'air y circulait parfaitement. Le plan d'eau urbain aux rives fortifiées par de grosses pierres était quasi inaccessible, rigoureusement protégé par une grille métallique. Tout le long, des jardins publics faisaient le bonheur de ceux qui en connaissaient vraiment la valeur. Les autorités coloniales et les membres de leurs familles y allaient passer leur temps libre, à pied ou à vélo, dans ce pays où l'été durait pratiquement toute l'année et où le mercure avoisinait toujours le top. La vie était calme et paisible dans la cité, l'indigence du coucher cohabitait bien avec l'opulence du lever du soleil. Aucun esprit de convoitise ni de haine n'habitait encore les habitants entre eux, hormis le mépris que causait la chicotte du garde de cercle qui assommait à longueur de journée la carapace des indigènes récalcitrants.

La capitale, lieu d'études de Beau George, offrait ce jour-là une autre allure. Méconnaissable ! Au poste de contrôle gardé par les forces de défense et de sécurité, Tshililo ou-vrit les portières avant et arrière du bus pour permettre aux agents d'y monter. Le vent balança donc de ce lieu pestiféré les odeurs que la climatisation et les senteurs aseptiques du véhicule ne pouvaient neutraliser. Tous les passagers se tinrent le nez tandis que, saturés par cette extrême pollution, les hommes en tenue y étaient maintenant insensibles. D'ailleurs, ils mangeaient et buvaient à souhait à proximité de la mare d'eaux usées et du dépotoir qui jouxtaient leur vieille baraque d'abri.

« Contrôle d'identité, s'il vous plaît, mesdames et messieurs ! lança aux passagers le premier policier à bord du bus. »

En passant dans la rangée, il vit une jeune fille accompagnant sa mère. Carine, âgée de seize ans, ne détenait aucun document d'identification : ni extrait d'acte de naissance, ni carte nationale d'identité, ni passeport. Son nom, c'est ce qui sortait de sa bouche ou que sa mère prononçait ; sa filiation, c'est elle qui la connaissait. Impossible pour quiconque le voudrait de vérifier quoi que ce fût. Elle n'avait pas été déclarée à l'état civil. Pour les parents de cette adolescente, lui établir un acte de naissance ne fut pas une priorité à sa naissance, car cela aurait réduit ses chances de terminer sa scolarité une fois qu'elle eût commencé les études. Dans leur logique, en effet, l'enfant déclaré n'avait pas la possibilité de reprendre des classes lorsque son âge serait avancé. Or, après d'éventuels redoublements répétés, une fois au CM2, au moment de présenter son dossier pour le concours d'entrée en sixième, ils pourraient faire ouvrir son état civil afin de lui donner un âge plus jeune pouvant lui permettre de poursuivre aisément les études.

Quel calcul d'analphabètes ! Et pourtant, Carine ne fut pas scolarisée. Les parents ne trouvèrent pas utile non plus d'envoyer une fille à l'école puisque, selon leur conception, au bout du compte, elle n'aurait pas réussi et se serait mariée à un homme qui l'aurait envoyée loin de la famille.

« Mademoiselle, vos papiers ! enjoignit le policier à Ca-rine qui, apeurée, remua la tête comme pour dire qu'elle n'avait pas de document. Vous n'avez pas de pièce ? demanda ensuite l'homme.

-Mon fils, elle n'a pas de pièce, tout est resté dans la guerre, répliqua sa mère.

-Madame, la guerre est finie il y a longtemps. Depuis que la vie s'est normalisée, vous auriez dû penser à refaire les papiers de votre fille.

-Pardon, monsieur, supplia la dame dans sa langue. Nous sommes en train d'aller à l'hôpital, elle m'accompagne, ajouta-t-elle.

-Mademoiselle, vous allez descendre, vous ne pouvez pas continuer le voyage dans ces conditions. »

Devant la fermeté de l'agent, la mère de Carine se mit à pleurer en se remémorant les tracasseries qu'avaient fait subir aux populations les rebelles au plus fort de la crise. Les histoires de manches courtes ou longues et de racket organisé, sur fond de haine tribale ; le pillage et la razzia systématiques de villages entiers passés à la flamme... tout cela lui repassait par la tête, ce qui lui donna de la nausée à la vue de cet homme. Bien que dégoûtée par cette émétique silhouette, elle continuait de supplier. Mais point d'oreille. Le policier fit descendre l'adolescente avec brutalité, la traitant de tous les noms, sans épargner ses parents.

Bravant la douleur de la plaie de son sein, la femme les suivit dans la baraque où Carine fut soumise à un puéril interrogatoire. Elle tenta à nouveau de raisonner l'homme en expliquant que sa fille avait été obligée d'être du voyage parce que son père devait rester avec ses plus petits enfants.

La mère de Carine était une femme de soixante ans qui parlait un français approximatif. Elle avait vécu une partie de son adolescence dans la capitale régionale de l'est du pays, dans les années soixante-dix, chez sa tante assistante sociale. Depuis l'âge de vingt-cinq ans, elle se consacrait à la paysannerie quand survint cette lâche rébellion dans laquelle elle perdit une mamelle coupée à la faux par les premiers assaillants qui avaient fait irruption dans son village avant d'en être chassés par la jeunesse organisée en groupe d'auto-défense. Les rebelles l'avaient surprise dans sa rizière, au coucher du soleil, le jour où elle recevait la coopérative des femmes laboureu-ses du canton.

Ces braves mamans avaient évacué le vaste champ au bout d'une seule journée de travail : l'échine pliée, la daba dans une main, une coquille d'escargot servant de trémie dans l'autre, elles avaient semé le riz sans laisser un petit nid de terre cultivable. Quand elles eurent fini, elles s'étaient abritées sous les branchages servant de reposoir pour se désaltérer, avaler les fonds de leur ration de midi et chiquer du tabac, pour certaines, avant de reprendre le chemin du village. Dans leur grande satisfaction d'avoir vaincu le temps et l'espace par leur hardiesse au travail, elles avaient mis plus de temps que d'ordinaire à se récupérer. Mal leur en prit.

Des agents des Forces patriotiques, apparemment pourchassés par on ne sait quel fauve, avaient investi les lieux et encerclé les trente femmes auxquelles ils intimèrent l'ordre de se mettre nues comme des vers de terre. Là, au motif que leur chef de village était un partisan pur et dur du régime, ils les avaient rouées de coups et les avaient violées une à une. A l'exception de la mère de Carine qui avait refusé d'obéir à l'injonction. Malheureu-sement, sa sanction avait été tout aussi disproportionnée que celle de ses camarades : on lui avait coupé le sein gauche au tiers à partir de sa base. Sans anesthésie. Quelle atrocité ! Quelle animosité ! La femme s'était écriée et évanouie sur-le-champ. Non contents de cette ignominie et la cruauté infligées à ces mamans, leurs semblables et femmes d'autrui, ces crapules droguées de rebelles s'étaient fondus dans la forêt avec deux femmes faites esclaves sexuelles de l'autre côté de la zone de confiance, ce rideau de forêt imposé par les forces d'interposi-tion venues de la *complonauté internationale.* Le cœur fendillé, les laboureuses avaient décidé de rester dignes et porter vers leurs époux leur sœur ensanglantée. Elles avaient fait usage de tout ce que la nature pouvait offrir comme remèdes, en pareille circonstance, pour arrêter l'hémorragie. L'hôpital le plus proche étant à plus de vingt kilomètres sur piste, dans une région où le seul moyen de transport en commun était la moto, le traitement s'était fait à l'indigénat ; tout naturellement, sans antibiotique, la plaie s'était infectée.

Les supplications de la mère de Carine ne changèrent rien ; le policier était inflexible. Pendant ce temps, les autres passagers du bus s'impatientaient, rattrapés entretemps par les deux gourmands du corridor. Excédée, Régina s'excusa auprès de George et alla à la rescousse de la vieille femme :

« Hé ! pardonnez, on est fatigués, lança-t-elle dans le vide et à voix basse.

-Ma fille, vient m'aider. La petite n'a pas de carte d'identité ; à cause de cela, tout le véhicule ne peut pas entrer dans la ville, supplia la vieille Djinon à l'approche de Régina.

-Oui, vous pouvez raconter tout ce que vous voulez, madame ; allez partout, même chez le ministre de la Sécu-rité, je fais mon travail, réagit l'agent.

-Monsieur, nous implorons votre clémence ; veuillez laisser passer cette gamine qui doit assister sa mère à l'hôpital, dit Régina.

-C'est le même pardon que la vieille demande depuis, madame. Vous devez plutôt penser à utiliser un autre langage si vous voulez continuer le voyage avec la fille. En réalité, nous n'avons aucun intérêt particulier à ce qu'elle reste ici ; mais la loi, c'est la loi.

-Alors, que dois-je faire ? demanda Régina.

-Parler bon français, répondit l'agent, le visage tourné en arrière.

-C'est-à-dire... !? s'interloqua Régina.

-Il veut de l'argent, chuchota la mère de Carine à l'oreille de Régina.

-Je vois. Dans ce cas, maman, retourne dans le bus et laisse-moi gérer la situation pour toi, dit Régina à la femme. »

Les agents s'étaient éloignés un instant des femmes pour leur donner le temps de se décider. Ils espéraient une réaction positive de leur part par le paiement d'une somme d'argent. Un paiement jamais enregistré dans aucune comptabilité, qui échappait aux caisses publiques et juste destiné à la poche de celui qui le percevait. C'était de l'argent pour se gaver d'*ébola* et d'alcool. Ça n'avait jamais bien servi.

A son retour, le policier se trouva nez à nez avec Régina qui lui posa à nouveau la même question : « Que dois-je faire, monsieur ? » Sans gêne, l'homme lui proposa de verser « quelque chose » pour que la jeune fille pût remonter dans le bus avec elle. D'un calme inné, Régina voulait avoir une idée exacte du montant à payer. « Comme c'est une adolescente, cinquante *wahi,* ça va », indiqua-t-il.

Cela provoqua le courroux de Mme Beau George qui, cette fois, n'était disposée ni à plaider ni à payer. Elle hurla à tue-tête qu'un agent assermenté, en service, s'étant rabaissé, voulait la corrompre en lui demandant de lui verser un pot-de-vin. Elle attira l'attention de tout le corridor ; les badauds accoururent pour voir de qui il était question. Et chacun y allait de son commentaire : se souiller pour quelques jetons, soutirer de l'argent à une citoyenne dans une affaire où aucune prestation particulière n'était délivrée à la victime et, de surcroît, sans aucun reçu...

Sous d'autres cieux, dans un pays organisé, le témoin d'une telle scène eût contacté un numéro de téléphone vert pour dénoncer cette indélicatesse. Aux Etats-Unis d'Amérique, c'eût été le fameux *Nine-One-One* ; en Italie, le *Prontosocorso*. Mais ici, tout se ramenait aux décideurs eux-mêmes. Alors, un appel anonyme, probablement de quelqu'un qui connaissait une haute autorité au sommet de l'Etat, alerta le cabinet du ministre de la Sécurité qui intima l'ordre au chef de poste de laisser immédiatement passer le véhicule des Nations du monde et son contenu au complet. Alors, toute honte bue, le policier invita Ca-rine à rejoindre le bus d'où provenaient des cris de joie.

Au milieu du brouhaha, l'on pouvait distinguer la voix de Brimougou : « Nos frères d'armes n'ont encore rien compris, regretta-t-il avant d'ajouter que le pays devrait changer désormais. C'est pour le changement que nous avions pris les armes ; aujourd'hui, le racket doit cesser. Malheureusement, il ne lui arrivera rien, j'en suis sûr, à ce gars ; il ne risque même pas la moindre sanction car on se connaît dans ce nouveau régime, termina-t-il ».

Régina se retira de la baraque en vociférant, dénonçant les pratiques de corruption et tout le désordre qui avaient cours dans le pays depuis le premier coup d'Etat, une quinzaine d'années plus tôt. Qui plus est, le déclenchement de la rébellion avait aggravé la situation. La vie quotidienne s'était considérablement militarisée : tous les corps d'armées se vêtaient seulement de treillis, les tenues ordinaires de travail étant considérées comme trop peu imposantes pour effrayer ou intimider les citoyens déjà très habitués à la force. Les camps militaires s'étaient multipliés dans toutes les contrées et les armes circulaient partout à cause de l'échec de l'opération de désarmement, démobilisation et réinsertion (DDR) qui ne servit en réalité qu'à enrichir ceux qui l'avaient pilotée et les ex-combattants de leur bord. Le gouvernement lui-même avait quasiment triplé le budget de la défense qui constituait la majeure partie des dépenses publiques, loin devant les secteurs sociaux tel la santé, l'emploi, les loisirs, l'éducation, les transports, etc. Cela fit des corps habillés une classe privilégiée au sein des populations, en général, et des fonctionnaires, en particulier.

Lorsque l'agent eut glissé la herse posée sur la chaussée, Tshililo passa le barrage en trombe en signe de boutade pour avoir perdu plus de quarante-cinq minutes à cet endroit. Il se demandait avec ironie si la fameuse loi qui avait été mise en avant par les policiers pour retenir Carine et tous les passagers avait finalement eu raison d'eux-mêmes.

Le bus roula sur moins d'un kilomètre et le supplice commença. Le bitume, par endroits déformé, fissuré, crevassé ou largement ouvert, était jonché d'immondices. La pollution était à son comble dans cette capitale qui était appelée le hub de la sous-région. De part et d'autre de la chaussée, stagnaient des eaux usées où se vautraient des micro-corps en putréfaction, au bonheur des souris, rats et crapauds. Nids de poule au milieu, nids de moustique, de dengue et de zika sur les côtés. La maladie et la mort permanemment aux enchères, à Gnanganville !

CHAPITRE 10

L'hôpital devant accueillir les patients se situait à environ quarante-cinq kilomètres de l'entrée de la capitale. Alors que le bus pénétrait dans la cité, les rares passagers qui connaissaient la capitale avaient le sentiment d'être dans un autre monde. Beau George ne reconnaissait plus la ville de sa jeunesse. La plus grosse plaie, pour lui, c'était le transport. Un véritable désordre organisé ! Comme si les pouvoirs publics avaient officiellement avoué leur incapacité à réglementer ce secteur.

George remarqua de prime abord une absence criante de signalisation routière sur le peu d'artères ayant encore du bitume : des gens malveillants avaient emporté les panneaux métalliques pour leurs besoins personnels ; les services en charge de les remplacer ou de les renouveler les budgétisaient chaque année sans rien faire, tandis que les usagers, eux, devaient se débrouiller en conduisant par empirisme pour trouver leur chemin. Quitte à se chamailler et se bagarrer en cas d'accrochage. Malheur à celui qui arrivait pour la première fois ! Hormis les quelques rues héritées de la colonisation, la majorité des voies ne portaient ni de nom ni de numéro, ce qui rendait difficiles les déplacements.

Le processus devant permettre d'identifier les rues était bloqué par de puériles considérations politiques portant sur quels noms d'hommes politiques nationaux choisir sans faire l'apologie d'un adversaire potentiel ou supposé tel ; quels noms de personnalités historiques ou culturelles proposer sans donner la primauté aux descendants ou aux groupes ethniques des adversaires. On oubliait que les routes peuvent porter, outre des noms de personnalités et des numéros, des noms de plantes, de montagnes, d'animaux, de pays, de villes, de mers, de fleuves, de continents, de pierres précieuses, etc. Et pour des intérêts égoïstes, l'on freinait le progrès, ignorant que sans adressage des rues et des places publiques, aucune action de développement ne peut prospérer. De fait, tout progrès devrait passer par un effort de spatialisation, car tout conflit est avant tout un conflit d'espace. Et l'instinct de conservation trouve son sens dans la protection de l'espace. De plus, faut-il le reconnaître, dans ce monde de complots et de constantes mises en scène, qui ne maîtrise pas l'espace perd la guerre, peu importe son artillerie.

Les anciennes rues de la ville n'avaient pas été non plus adaptées à l'urbanisation grandissante. Des quartiers entiers étaient entretemps sortis de terre, en remplacement de vastes plantations de cotonniers, de manguiers et d'hévéa, sans que l'on eût prévu leur accessibilité et leur viabilisation. Chose gravissime, là où il existait de la peinture sur la chaussée, les tailles des voies étaient différentes, certaines étant visiblement plus larges que d'autres, pour les mêmes véhicules à moteur. Signe de la négligence des autorités qui, pourtant, empruntaient chaque jour ces chemins. Les feux tricolores, s'ils n'étaient pas complètement inexistants, étaient devenus bi ou monocolores. Le code de la route qui, en principe, devait être une loi comme les autres codes classiques sortis du parlement, était l'apanage d'analphabètes qui le vendaient aux coins de rues. Ainsi, il était bafoué, voire ignoré par ceux-là mêmes qui devaient en garantir le res-pect. Une démission totale que ne pouvait nullement justifier la crise politico-militaire. Dans ces conditions, bonjour l'anarchie !

George fit le constat d'une nouvelle génération de conducteurs à Gnanganville. De parfaits chauffards, en vérité. Il avait l'impression de voir une espèce d'êtres vivants, sortis d'un laboratoire comme des drosophiles savamment cultivées et consciemment déversées dans la nature pour un but précis. Tous les automobilistes, anciens comme nouveaux, jeunes et adultes, hommes et femmes, cadres supérieurs comme illettrés, avaient revêtu un esprit belliqueux, de coup d'Etat et de rébellion ; les uns envers les autres, tous à l'encontre de la loi. Personne ne laisserait traverser un piéton. Au contraire, si celui-ci s'aventurait à poser un seul orteil sur le pavé, il serait arrosé de grossièretés ; le chauffeur menacerait en plus de le renverser sans être inquiété.

L'indiscipline était encouragée et renforcée par la non-matérialisation du code de la route. C'est pourquoi les agents en charge de la circulation n'avaient plus le courage de verbaliser quiconque commettait la plus banale des infractions. Ainsi un groupe d'agents de la police routière conversaient-ils sans souci aux abords d'un boulevard alors que taxis, *gbaka* et *zémidjan* se disputaient aisément la voie réservée aux véhicules en intervention d'urgence. Une autre cause du désordre était que, la corruption ayant gangréné toute l'administration et l'économie, le permis de conduire – ce certificat autrefois précieux et obtenu sur mérite – avait été profané depuis près de deux décennies. Les demandeurs n'étudiaient plus le simulacre de code, à plus forte raison aller à un cours de conduite ; il leur suffisait désormais de déposer la photocopie d'une carte d'identité à l'auto-école, payer la somme nécessaire et le permis était délivré dans les semaines suivantes.

La clique d'ignares, d'analphabètes et de panthères blessées, rejetons du système scolaire, figuraient parmi les champions de cette pratique, comme cela s'observe encore aujourd'hui sur la route. Selon leur propre conception, leur salut ne pouvait se trouver que dans le transport en commun. Après eux, venaient les femmes, lesquelles avaient souvent pour moniteurs leurs maris leur enseignant les mauvaises attitudes caractéristiques de la conduite offensive. Une fois le véhicule acheté, elles se jetaient dans la circulation sans se préoccuper de maîtriser la signalisation routière, les règles de courtoisie au volant et comment partager la chaussée avec les autres. Le stationnement en parallèle dit créneau était alors leur bête noire. Il y avait aussi tous les soi-disant chauffeurs professionnels employés dans les administrations publiques, les ambassades et les familles. Tous, des s'en-fout-la-mort.

Comment délivrer un permis de conduire à des gens qui, ne sachant ni lire, ni écrire, ni calculer, n'ont aucun sens de la géométrie ? Des gens qui ne savent pas que par trois points alignés, il ne passe qu'une droite et une seule et pour lesquels une bande de peinture sur du bitume ne représente qu'un simple dessin retraçant le passage d'un millepatte ; ils voient les feux de signalisation comme des jeux de lumière juste bons pour une boîte de nuit. Au XXIe siècle !

C'était cette frange de la population, nationaux et immigrés confondus, qui opérait dans le transport sans faire aucun cas des règles élémentaires en la matière, soit en tant que chauffeurs de *gbaka* et de *woro-woro* parfois téléguidés par des balanceurs et pour lesquels conduire se résumait à faire avancer un véhicule en faisant des jeux de phares et klaxonnant de manière intempestive ; soit en tant que motocyclistes faisant faufiler leurs *zémidjan* entre les voitures à longueur de journée. Soit aussi en tant que syndicalistes et *gnambro,* les uns forçant leurs pairs chauffeurs à adhérer aux règles illégales de leurs associations corporatistes généralement non déclarées, les autres agressant à l'arme blanche tout concurrent dans les gares de taxis et sur les artères pourtant construites par l'Etat. Des comportements qui se produisaient au nez à la barbe des forces de l'ordre.

En voyant ce triste et pitoyable décor, l'instituteur George eut mal au cœur, lui qui vécut la guerre à Pingbwa. Après avoir longtemps observé, il se tourna vers Régina :

« Que te rappelle cette scène, chérie ? interrogea-t-il.

-Ce sont les mêmes scènes qu'on nous a fait subir pendant la crise. Tu vois que les comportements des gens sont calqués sur la période chaude où ils se regardaient en chiens de faïence, commenta Régina.

-En effet, chacun, se prenant pour un patriote et « vrai citoyen », voit aujourd'hui son prochain en ennemi ; soit en assaillant, en rebelle, en milicien ou en mercenaire, dit George avec un sourire en coin.

-Il y avait aussi une seconde sous-catégorisation qui existait et qui est encore perceptible dans les rapports entre les citoyens, à savoir les pro et les anti-untel.

-Oui, mais ce duel de partisans du régime contre opposants s'observe beaucoup plus dans les milieux politiques.

-Tu parles ! C'est plutôt dans la rue et sur les marchés que la suspicion idéologique a cours, remarqua Régina qui soutint que la vie quotidienne à Gnanganville était la copie conforme de la course pour le pouvoir politique. Tous ces jeux d'intérêts, ces luttes idéologiques et ces crises armées sont à l'image des comportements des conducteurs, ajouta la jeune femme ».

Une heure trente minutes déjà que le bus parcourait la ville. Il parvint enfin au carrefour du camp des sapeurs-pompiers, le plus grand de la capitale. Là, il plongea dans un embouteillage monstre. La cause, un panneau de direction foulé aux pieds par les automobilistes : alors qu'il indiquait de ne pas tourner, ceux qui étaient sur la voie marquée prenaient le malin plaisir de changer de direction vers la droite. Ils apprirent cela du bétail armé qui, à bord de véhicules ne disposant ni de sirène ni de gyrophare, pullulant et plastronnant sans être en mission commandée, se comportait de la sorte pour gagner du temps en traversant le carrefour. C'était un héritage du coup d'Etat.

Passé ce lieu, le bus arriva à un autre croisement qui permettait de déboucher sur le quartier Commerce, à un kilomètre. Là, s'observait un autre bordel. Tel des mouches, les véhicules surgissaient de toutes parts, enjambant les lignes continues. Jouant aux plus pressés, chacun voulait passer en tête de file. Pourtant, ici au moins, le code était rigoureusement marqué. Des hauts cadres de l'administration, qui se reconnaissaient par leur accoutrement et leurs voitures de luxe à immatriculation verte, excellaient dans ce désordre baptisé *wourou-fatôh,* jadis propre aux transporteurs. Ils contournaient les feux par le trottoir où ils se la disputaient avec piétons et vendeurs ambulants. Ils effectuaient un dépassement ou changeaient de voie sans user au préalable de leurs clignotants pour indiquer leur intention ; en réalité, vu les conditions d'obtention du permis, personne ne savait la différence ou du moins le rôle des feux d'une voiture. Ces petits décoratifs lumineux n'étaient même pas un souci pour la nouvelle génération d'automobilistes qui n'avaient pour référence que les crises successives qu'avait vécues le pays.

La vie *complonautaire* n'enseigne-t-elle pas, en effet, que la fin justifie les moyens ? On blanchissait de l'argent ou on faisait du broutage pour devenir cossu au vu et au su de tout le monde, ça n'allait nulle part ; on éjectait son voisin et on prenait sa place sans coup férir ; dans un processus attribuant des rôles selon un timing et des règles convenus, vous pouviez fomenter un petit quelque chose pour brûler des étapes et vous retrouver en tête, vous étiez applaudis, admirés. L'on refusait d'attendre son tour. Personne ne voulait non plus se sacrifier pour autrui ; tout était fait dans un esprit de constantes opposition et adversité. Toujours passer avant les autres et de la mauvaise manière, tel était le souci permanent des habi-tants de la capitale. Pareil partout : aussi bien à l'hôpital, à la mairie, à la pharmacie, au maquis, à l'ascenseur, au travail, au supermarché et même au cimetière.

Ainsi, les usagers de la route de Gnanganville n'admettaient nullement se faire dépasser par un autre véhicule ; ils acceptaient aussi difficilement que le trafic ralentît. Il suffisait de peu pour qu'ils balançassent le volant à gauche ou à droite, sans prévenir, prompts à contourner un obstacle pourtant non permanent. Aussi eussent-ils évité un danger d'un côté pour en créer facilement un de l'autre. Sans compter le tintamarre de leurs klaxons et leurs intempestifs jeux de phares visant à presser l'autre de s'effacer de devant eux.

Dans le bus de Pouikwla, hommes et femmes éprouvaient de la répugnance vis-à-vis de cette ville en déliquescence. Le rebelle Brimougou observa que cette nouvelle vie n'augurait rien de bon à l'avenir et que la scène offerte par la capitale était à l'image de tout le pays ; car, selon lui, la nouvelle mentalité de guerroyeurs héritée des crises passées n'était pas près de se dissiper : « La violence a vraiment gagné les cœurs ; malheureusement, le régime n'y peut rien, murmura-t-il ». En effet, il régnait désormais sur le pays un esprit de défiance et de belligérance dans lequel chacun était prêt à en découdre avec son voisin. Les comportements des uns et des autres dans la rue et dans les autres lieux publics reflétaient de l'inimitié. Le minimum de courtoisie n'existait plus, on était prêt à déboulonner l'autre pour prendre sa place comme cela se passait dans la cour des grands. Beaucoup de personnes ne manifestaient de l'amour que lors-qu'elles étaient liées aux autres par le sexe, l'argent ou le pouvoir politique. L'environnement, lui-même, était en perpétuel conflit.

Au loin, alors que la nuit était tombée sur la capitale depuis plus d'une heure, Régina aperçut pour la première fois un agent verbalisant un conducteur qui y laissa quelques billets de banque afin de poursuivre sa course.

CHAPITRE 11

Il s'était produit un accident à une intersection beaucoup plus loin. Un cycliste venait de se faire renverser par un automobiliste, si sérieusement projeté de son vélo que l'on eût cru qu'il était mort. La circulation en fut perturbée à nouveau pour trois quarts d'heure environ et chacun se débattait comme un beau diable pour sortir de ce gouffre, car il ne fallait pas rêver que la police et les pompiers apparussent de sitôt. Le chauffeur sud-africain fonça donc après s'être frayé un chemin.

Il existait un partenariat entre les Nations du monde et le ministère en charge de la santé pour la mise en œuvre de nombreux projets de développement. Dans ce cadre, l'ONG internationale rénova pas mal d'hôpitaux en en améliorant le plateau technique. En retour, elle pouvait référer et faire prendre en charge, si elle le désirait, à des tarifs réduits, les malades qui provenaient de ses structures sanitaires.

L'organisme avait, cependant, dans la ville, son propre centre de santé ultra équipé, le Global Hospice où le car de Tshililo fit enfin son entrée. Il était vingt et une heures trente. C'était un endroit qui rompait avec l'i-mage poubelle de la cité. Une impressionnante bâtisse aux couleurs éclatantes, avec une cour fleurie serpentée d'allées revêtues de pavés. Pluie ou soleil, impossible de prendre un grain de sable sous la semelle. La propreté était de rigueur dans cet établissement ; aucune feuille morte ne restait au sol plus de cinq minutes. Il y avait instantanément un balayeur qui ramassait et les ordures étaient scrupuleusement séparées, classées et rangées selon les normes environnementales internationales auxquelles le pays avait souverainement adhéré, mais qu'il avait encore du mal à s'approprier. L'environnement du malade ici insufflait la guérison. Les mûrs étaient propres et les couloirs et salles d'attente, dégagés et aérés à la clim. Les salles de consultation et les chambres d'hospitalisation, tout comme les bureaux, ne laissaient entrer le moindre courant d'air de l'extérieur. Du moins, quand cela n'était pas nécessaire. Toutes les fenêtres étaient de baies vitrées protégées de battants en bois poncé et vernis. Un très beau cadre, au total. Une oasis dans le désert à Gnanganville.

Les meubles de l'hôpital étaient en majorité de

fabrication locale : les lits et les tablettes des malades, les bureaux et chaises des médecins, les fauteuils dans les salles d'attente, tous étaient fournis par des artisans nationaux ; ils étaient faits d'iroko, de framiré, de *kantou,* de *tchiohotou,* de *ployètou,* etc. Seuls les appareils étaient importés. Il fallut une telle ONG pour valoriser les produits locaux, sous les yeux de tout le monde ; sous les yeux de cette racaille passive qui ne faisait qu'à la fois envier et haïr le Blanc qu'elle accusait d'être la cause de ses malheurs. Pendant que la classe dirigeante et ceux qui géraient les biens publics, eux, se la coulaient douce.

Tout comme les autres pensionnaires, George et Régina étaient très impressionnés par les équipements de l'Hospice. La jeune Carine n'arrêtait pas de passer la main sur les doux et glissants accoudoirs des chaises. Sans qu'aucune trace de crasse ne lui apparût sur les doigts. Sa mère, elle, n'avait de cesse de fixer les écrans placés dans le vaste hall d'accueil, sur lesquels défilaient les vidéos d'information et de sensibilisation du public sur les pathologies prédominantes du pays ainsi que les dispositions pour les éviter ou les combattre.

De son côté, Brimougou ne faisait que commenter à l'o-reille de son voisin la bonne qualité de l'accueil et la manière méticuleuse avec laquelle les dames de la réception travaillaient à orienter les malades, chacun selon sa condition, vers les différents pavillons et étages de l'hôpital. Bien sûr, les cas présentant une urgence rouge, les moins nombreux, avaient été transportés par des ambulances et ne passaient pas par le service accueil. Lorsque son tour arriva de se présenter au comptoir, l'ex-rebelle se surprit de se voir reçu par un large sourire et un regard minau-dier qui lui donnèrent l'impression que la femme était tout de suite tombée amoureuse de lui. Mais le soldat à la braguette facile finit très vite par s'aviser que les choses ne fonctionnaient pas de cette façon sous tous les cieux. La belle et ravissante jeune femme l'accueillit comme il se devait, par respect de sa dignité en tant qu'être humain, et, après deux ou trois questions-réponses, leur dialogue prit fin, l'homme regagnant sa chambre, conduit par un valet.

Un à un, comme dans un hôtel de classe, les passagers de Tshililo furent casés. Une heure plus tard, à l'appel des assistants sociaux de garde, les accompagnants de malades se retrouvèrent au restaurant de l'hôpital. Là encore, ils eurent l'occasion d'apprécier non seulement de succulents mets, mais aussi les assiettes et les couverts mis pour le service, les tableaux, les rideaux et tout le dispositif d'hygiène et de sécurité savamment pensés par la direction du centre. Même les plus civilisés d'entre eux, George et Régina, n'avaient jamais touché de plus près une telle vie propre, saine et hygiénique. Ainsi prirent-ils le dîner avec appétit et sans rechigner, malgré l'heure tardive.

Les accompagnants étaient logés dans des chambres autres que celles des malades. Régina et George étaient au premier étage du pavillon Kennedy, en face de la chambre de Brimougou.

CHAPITRE 12

D es jours et des mois étaient passés. L'état de santé de Beau George s'était amélioré. Par une chirurgie de pointe, le morceau d'os qui se lo-geait dans son crâne avait été déplacé du côté droit vers l'avant de la tête, ce qui présentait désormais moins de risques. Un produit injecté par fluoroscopie l'avait ramolli et atrophié au point que s'étaient amoindries les douleurs que l'homme ressentait auparavant. Dans ces conditions, il pouvait désormais mener une vie normale tout en prenant soin de ne pas provoquer de choc aussi bien affectif que physique, notamment à la tête. L'instituteur qu'il était percevait désormais son salaire au siège de sa banque à Gnanganville.

Un jour, alors qu'ils s'en allaient faire des emplettes, le couple marqua un arrêt devant un *attiékédrome* pour s'approvisionner. A côté, leur attention se porta sur trois vulcanisateurs dont le jeune âge n'échappait à personne. On leur eût attribué respectivement dix-huit, douze et sept ans. Ils faisaient délicatement leur boulot, avec passion et dextérité, sous le chaud soleil matinal. A tour de rôle, ils démontaient les pneus de voitures. Les pous-sant, soulevant et retournant, ils les sortaient de leurs jantes, les vidaient de leurs chambres à air, les gonflaient, tapaient, mouillaient et les fixaient, assurés de la fiabilité de leur travail.

Dans ce pays où les immigrés s'étaient octroyé un certain monopole sur diverses activités commerciales et artisanales, les uns s'investissaient dans la production du charbon de bois, pratiquant le braconnage au vu et au su de tous ; les autres, dans le commerce du bois de construction : planches, chevrons, baguettes de dimensions variées ; d'autres encore, dans la vente de tôles, de sable, de graviers ou dans la quincaillerie et bien d'autres métiers. La vulcanisation, elle, était tenue par les Vodoulandais qui, tout comme les autres, pour faire grandir leurs business, faisaient venir des frères, des sœurs ou des neveux de leurs pays d'origine. Leur promettant monts et merveilles. Ce fut le cas de Rigobert, Justin et Cyrille, objets de cet ignoble trafic.

Un homme de leur village, qui vivait depuis une quinzaine d'années à Gnanganville, avait fait croire aux parents des deux plus petits qu'ils les scolariseraient jusqu'à ce que, devenus majeurs, il leur trouvât un travail rémunérateur devant leur permettre de rapatrier des fonds au profit de leurs familles respectives. Aux parents de Rigobert, il avait promis de lui confier la gestion d'une supérette qui rapporterait gros et qui permettrait à cet adolescent renvoyé de l'école depuis cinq années, pour insuffisance de travail, de gagner aisément sa vie et s'occuper d'eux. Le deal étant flatteur, les parents avaient donné leurs enfants qui, sous la conduite d'une passeuse maman benz, avaient traversé la frontière séparément et à intervalles de six mois.

Les trois familles avaient nourri un réel espoir, à l'idée que leurs progénitures évolueraient plus rapidement que leurs congénères restés au pays. Mais de l'autre côté, à mille lieues de là, la réalité était tout autre. Au lieu d'une supérette, Rigobert tenait plutôt le principal magasin de vulcanisation dans le quartier où vivait son patron ; il ne pouvait donc pas s'inscrire ne fût-ce qu'à un cours du soir pour reprendre les études et préparer le baccalauréat, tellement le boulot était contraignant. Il travaillait de quatre heures et demie du matin, heure à laquelle les *gbaka, woro-woro* et *zémidjan* envahissaient les artères de la ville et que les stations-services ouvraient, jusqu'à vingt-deux heures ou parfois vingt-trois heures. Le jeune homme avait pour adjoint Cyrille. Tous deux avaient été formés à ce poste par Justin qui les avait précédés dans le pays. En fait, ce dernier, qui tenait à lui seul un autre coin non loin d'une gare de *gbaka* et de bus express dans les environs d'un quartier résidentiel, était de passage à ce moment-là.

Leurs clients étaient, outre les transporteurs, des cadres, y compris des forces de l'ordre dont l'attention ne fut jamais attirée par ce travail illégal. Il fallut donc que Régina et son mari, après avoir écouté le témoignage révoltant de Rigobert, allassent s'en plaindre au commissariat le plus proche pour que le chef du bureau s'en émût. Mais sans aucune initiative particulière pour y mettre fin. Ainsi désarçonnés par son attitude, le couple donna dos. Toute déçue, Régina oublia sur le comptoir son paquet d'*attiéké* au thon frit qui fit le bonheur des sergents de ville.

Le dimanche suivant, le couple repassa par là et trouva Cyrille et Rigobert en train de bosser comme des dingues, avec la même passion. Ils en déduisirent que c'était une forme d'exploitation au-delà d'un simple travail illégal. Ces enfants n'avaient en réalité pas de jour de repos. Leur lieu de travail était à la fois leur domicile, leur école, leur parc de jeux, leur salle de gym et leur salle de cinéma. Leur vie se réduisait à travailler, manger et dormir sur place. Dans ce microcosme, ils voyaient passer les élèves et écoliers de leurs âges, mais sans faire aucun cas de ces va-et-vient quotidiens. Encore moins ne se préoccupaient-ils de où se rendaient ces enfants et ce qu'ils y allaient faire. Parmi ceux-ci, figuraient les six enfants du propriétaire de l'atelier.

CHAPITRE 13

L a mère de Carine était morte. Elle ne survécut pas à la plaie que lui avaient causée les rebelles en l'amputant d'une mamelle. Global Hospice en avait informé les membres de sa famille qui pleuraient dans les couloirs et la cour de l'hôpital. La jeune adolescente était désemparée, car sa mère représentait beaucoup pour elle et son père. En effet, la vieille

Djinon fut une brave mère et épouse qui avait dédié son temps à sa famille ; elle avait tenu son ménage de manière distinguée, toujours à la tâche ; les travaux champêtres n'avaient point de secret pour cette femme qui contribua à l'économie familiale aussi bien par son intelligence que par son travail. Son amour pour Carine surpassait tout et les deux étaient des complices inséparables. C'est pourquoi sa disparition était une grosse perte pour la fille qui, dans ses pleurs, ne s'interrogeait que sur son avenir.

Entendre Carine pleurer donnait des frissons, tant elle déclamait des paroles fortes :

« Néhéwéhé, yénéhéwémouho, néhéwéhé !

Mémé, mémé, mémé !

Que j'aille chez la mémé ! Que j'aille à la mémé !

J'aille avec mémé !

Je vais aller chez la bienveillante, la meilleure !

Tu n'as point d'égal, maman.

Que j'aille chez la mémé ! J'irai avec toi, maman !

Ah, ah, ah !

Mère d'une multitude,

Toi qui as donné la vie à tous ces vaillants enfants,

Où les laisses-tu, maman ?

Travailleuse infatigable,

Championne de la daba et de la trémie,

Toi qui as rempli des greniers à travers champs et saisons...

Que j'aille chez la mémé ! J'irai avec toi, maman !

Ah, ah, ah !

Si tu vas, je les salue :

Je salue pères et mères ;

Salue pépé Koulaï, le maître des terres

Je n'oublie pas tante Popouhou, l'élégante gazelle

Salue Tchèadê Z'yeux-paresseux

Si tu vas, je les salue

Mère de la florissante multitude

Salue papa Benoît, le chasseur intrépide

Eh, mémé ! Eh, mémé !

Salue Tchèadê Z'yeux-paresseux.

Si tu vas, je les salue.

Ah, ah, ah !

… »

Les cœurs sensibles ne pouvaient rester indifférents à cette poésie structurée et psalmodiée à la manière d'une professionnelle, différente des grommellements de certaines personnes. Tous les parents de malades qui avaient effectué le voyage à bord du bus rôdaient autour de Ca-rine pour la consoler. Mais la petite, tombant, roulant par terre, se relevant, voulait se libérer autant que possible. Sa robe, recouverte de poussière, en fut donc toute trempée de larmes et de morve. Soudain, se posa sur son épaule une main. Elle entendit une voix d'homme lui dire : « Calme-toi ma fille, Dieu seul permet tout ce qui arrive dans la vie des humains et Lui seul sait pourquoi Il le permet. Cette mort, sache-le, est une délivrance pour ta maman... ». A ces mots, sans que l'homme terminât ses paroles d'encouragements, Carine se jeta à nouveau par terre en hurlant de plus belle :

« Néhéwéhé, néhého !

Je ne pleure pas, je chante :

Que j'aille à la mémé ! Que j'aille à la mémé !

Adorable maman, je te pleure !

Viens à mon secours, maman.

Je suis maintenant toute seule, je n'ai plus personne ;

Qui va me consoler désormais ?

Que j'aille vers ma mémé !

Je vais avec toi, tu ne me laisseras pas, mère !

Hum, hum, hum ! »

En fait, dans un théâtre de deuil, jamais ne cesser de pleurer aux premiers mots de consolation. Plutôt, tou-jours montrer que l'on est très bouleversé, meurtri par la douleur. Vrai ou faux, les témoins retiendront que la personne éplorée a beaucoup pleuré son mort. Certaines cultures vont même jusqu'à se cogner la tête contre un mur pour laisser apparaître leur émotion et leur attachement au disparu.

« Ça va, ma fille, calme-toi. *Yako !* Sèche tes larmes, tu ne seras jamais seule, car Dieu comblera le vide qui vient de se créer. Il n'abandonne pas les orphelins, Il a un plan pour toi. Allez, lève-toi et viens, ordonna l'homme en prenant Carine par le bras ». La fille avait à ses côtés George et Régina. Celle-ci lui passait de petits câlins en lui proférant des prières et des bénédictions. Au sortir de l'ascenseur qui les mena à son palier, la jeune fille dit, en s'adressant à la femme, entre deux

sanglots : « Tantie, je ne peux pas dormir seule ici ».
Contrairement aux autres, Carine faisait partie des
rares accompagnants à occuper la même chambre
que leurs malades. George ordonna à sa femme de
passer la nuit avec la petite jusqu'à ce qu'elle quittât
un jour le centre.

Régina nourrissait une ambition, celle de se faire
une place confortable dans la société, elle qui avait
aban-donné les bancs de l'école contre son gré.
Jusque-là, elle avait été guidée par ce dicton : « Qui
ne danse pas *pa-pa* peut danser *pli-pli* ». Mais,
dans l'optique de sortir de la précarité, elle décida
d'aller au-delà de cette théorie de l'à-peu-près et
de la débrouillardise. Voyant que son mari allait
nettement mieux, elle choisit de se lancer dans un
rêve qu'elle avait longtemps caressé, celui de mère
et avocate des enfants et adolescents défavorisés.
Elle se voyait dans l'humanitaire et l'éducation,
par amour pour cette catégorie de personnes
vulnérables.

Un matin, aux environs de dix heures, George et Régina prirent le petit déjeuner au réfectoire de l'hospice, en compagnie de Carine. Après quoi, ils décidèrent de faire quelques courses en ville. Dans les rues de Gnanganville, étaient placardées d'imposantes affiches publicitaires annonçant une grande conférence sur le développement durable, organisée par une église étatsunienne en partenariat avec une ONG nationale.

L'événement devait se dérouler dans un hôtel du quartier huppé de la capitale, un samedi matin. L'orateur principal, un pasteur bahamien de renom, était un oint que le Seigneur utilisait puissamment dans le domaine du développement personnel. C'était un motivateur par qui Dieu passait pour transformer des vies. L'homme avait écrit livres sur livres présentant les aspects sociaux du développement, en plus de publications sur le leadership, le management et la psychologie communicationnelle. Sa renommée allait au-delà des frontières de son conti-nent, mais il était très peu connu dans ce pays. Pour la circonstance, de célèbres chantres chrétiens étaient annoncés pour une animation choc. En tout cas, c'était une alléchante affiche, une opportunité que Régina ne raterait pour aucune raison au monde.

« George, il faut que j'assiste à cette conférence, dit-elle à son mari, de retour à Global Hospice.

-Quel en était le thème ? interrogea George quelque peu oublieux.

-Un thème vraiment accrocheur : « La santé, l'éducation et l'environnement, facteurs essentiels du développement », répondit Régina.

-Hum, un grand débat en perspective ! J'imagine déjà que les discussions viendront fouiller dans les plaies de notre continent.

-Oui, quand tu parles de plaies, je conviens avec toi ; de telles thématiques permettront, en effet, de délimiter les blessures – vieilles ou fraîches – de soulever toutes les croutes de la peau, accéder au pus et au sang afin de mesurer la profondeur des entailles faites depuis des décennies dans la chair de nos braves et pauvres populations pour ensuite proposer les remèdes appropriés.

-J'espère qu'ils ont pensé à y inviter les autorités du pays afin qu'elles aillent apprendre ce qu'elles ignorent.

-Non seulement apprendre les théories qu'elles ignorent, mais aussi et surtout s'imprégner des bonnes pratiques ayant cours ailleurs, qu'elles savent parfois bien mais qu'elles feignent d'ignorer. Qu'elles ne se limitent pas à y pavaner, *faroter,* comme à leur habitude, imbues de leurs petites personnes. Ce devrait être un rendez-vous du donner et du recevoir.

-Je t'y accompagnerai. Et je pense que ce sera l'occasion de poser des questions sur la vie de notre pays, voire le développement de l'Afrique, en général.

-D'ailleurs, pourquoi ne pas emmener avec nous Carine et les jeunes vulcanisateurs ? proposa Régina à voix basse.

-Tiens, bonne idée ! s'exclama George. Ce serait intéressant qu'ils écoutent ce débat qui, sûrement, touchera leur vie. Mais, attention, les garçons travaillent le samedi matin. En plus, Cyrille me semble trop jeune pour qu'on le trimbale dans une telle affaire ; il s'ennuierait, ajouta-t-il.

-Exact. Mais alors, comment prendre les deux plus âgés et laisser le plus petit ?

-Cela revient à dire que nous devons plutôt miser sur le jeune-adulte Rigobert. N'oublions d'ailleurs pas que leur patron ne veut pas voir son business fermé, ne serait-ce que pour quelques instants, sauf tard la nuit ; il n'acceptera pas que tous les trois s'absentent au même moment.

-Bien. Il reste donc à ce que Rigobert négocie

une permission d'absence pour la matinée de la conférence, réagit Régina à l'analyse de George.

-Allons demain le voir à l'atelier, proposa l'homme ».

Régina se savait une vocation d'humanitaire même si elle n'avait jamais démarché pour travailler dans ce domaine. Néanmoins, vu que le talent que Dieu a mis en nous finit toujours par nous rattraper, son ambition de changer sa vie rejoignait bien la vision de George de casser la baraque pour embrasser une nouvelle carrière professionnelle. Tous deux étaient convaincus que la vie qu'ils menaient à ce moment-là n'était pas leur destinée réelle selon le plan du Créateur. Un sentiment d'échec les habitait, sans qu'ils y trouvassent solution. Or, en pareille circonstance, tout tient à un fil, un déclic qui parte d'une décision, au moment le plus favorable pour opérer la transformation.

Le troisième jour de la mort de Djinon, ils se

rendirent au magasin de Rigobert qui bossait dur comme à l'accoutumée :

« Bonjour tata, dit le garçon en apercevant Régina.

-Comment vas-tu, Rigobert ? demanda la femme.

-Je vais bien, répondit-il avant de saluer George.

-Salut, mon petit ; où est le grand Cyrille ? demanda l'instituteur.

-Il est allé dépanner un client qui a eu une crevaison non loin du marché.

-Et votre patron, il ne vient pas aujourd'hui ? demanda Régina.

-Il vient juste de passer ; il a promis de revenir.

-Bon, Rigobert, nous sommes venus t'inviter à une pro-menade prévue samedi prochain.

-Eh ! fit le jeune homme avec étonnement. Tantie, c'est pour aller où ? demanda-t-il.

-Une promenade dans la ville. Tu n'as pas le temps

de sortir ; alors, George et moi avons pensé te faire visiter la ville.

-*Tchié* ! fit-il, excité. Mais est-ce que je pourrai aller ? Le patron va se fâcher, se ravisa-t-il.

-Si tu veux, nous demanderons la permission à ton patron, dit George.

-D'accord, répliqua le garçon. »

Le propriétaire de l'atelier apparut quelques instants plus tard. Voyant le couple, il crut avoir affaire à des clients. Mais l'absence de véhicule auprès d'eux ne l'en rassura pas. Il leur serra la main l'un après l'autre avant de s'enquérir de leurs nouvelles. Les règles nationales du savoir-vivre voulant que l'homme s'adressât à l'homme, il se tourna vers George qui répondit :

« Je suis George ; elle, c'est Régina, ma femme. Nous sommes des amis à vos ouvriers que nous sommes venus saluer.

-Des amis ? Comment ça ? s'interloqua l'homme.

-Mon mari est un pensionnaire de Global Hospice ; nous y sommes depuis plusieurs mois. C'est au cours de nos promenades dans ce quartier que nous avons vu vos jeunes gens au travail. Nous avons d'ailleurs aimé la passion et le professionnalisme avec lesquels ils font leur boulot. Vraiment, vous êtes gâté, monsieur, dit Régina en tournant le regard vers George comme pour l'encourager à renchérir.

-Comment je vous appelle, monsieur ? demanda George.

-Mon nom est John Attokpa.

-Enchanté de faire votre connaissance, monsieur Attokpa, déclara George. Comme disait mon épouse, nous avons été impressionnés par le dévouement au travail de vos trois jeunes gens. Ils maîtrisent leur art et l'on sent dans leurs gestes et leurs visages qu'ils sont épanouis ; ils ne boudent pas outre mesure, ils reçoivent les clients avec beaucoup d'amitié et la première fois que nous les avons rencontrés, ils se sont montrés très polis au point que nous les avons adoptés comme des amis.

-Merci pour les compliments, répliqua John. Ce sont mes propres neveux que j'ai adoptés. Ils m'ont été confiés par leurs parents qui n'ont pas les moyens de s'occuper d'eux. Alors, ils font ce travail pour avoir de l'argent de poche. Sinon, je subviens normalement à leurs petits besoins quotidiens. On ne peut pas faire autrement pour des enfants dociles, obéissants et courageux comme eux. L'an prochain, ils prendront tous le chemin de l'école.

-Alors, monsieur Attokpa, nous venons vous demander la permission de nous laisser Rigobert pour la journée du samedi prochain. Nous voulons faire une petite prome-nade dans la ville avec lui, dit George. »

John était un natif du Vodouland. Il avait immigré

dans ce pays à l'âge de vingt ans. Installé à Gnanganville, il tenait des ateliers de vulcanisation aussi bien dans des bas quartiers que dans des secteurs résidentiels. Après avoir exercé lui-même dans ce domaine pendant cinq ans, il s'était introduit dans la maintenance des appareils électroniques avant de glisser dans le transport urbain informel. En tant que chauffeur de *woro-woro* et directeur de cette entreprise artisanale, l'homme pouvait toucher mensuellement cinq fois le salaire d'un cadre moyen de l'administration publique. A vue d'œil, il était à l'abri du besoin. Mais il ne s'en enorgueillissait nullement.

Conscient de l'illégalité de laquelle il puisait sa fortune, John laissait percevoir une certaine humilité pour ne point attirer les regards contre son business. Pour cette raison, ses employés ne devaient pas se payer un certain luxe ; même leurs appétits devaient être contrôlés afin de ne pas tendre aux excès. La prudence recommandait aussi qu'ils n'allassent pas au contact des gens du terroir, car un aventurier ne doit jamais se conduire comme un natif du pays qui l'accueille. Une fois franchi les fron-tières de sa terre natale, plus de place à la distraction ; dans le théâtre quotidien où se trament moult complots contre lui, toute la vie de l'homme devient course et combat. La finalité, c'est l'argent ; toujours, l'argent. C'était l'esprit inculqué à Cyrille, Justin et Rigobert : tant qu'on peut manipuler des sous et trouver sa pitance, basta ! la vie est gagnée.

Avec cette mentalité, comment John pouvait-il accepter que Rigobert se promenât avec des inconnus comme ce couple ? Quelle garantie qu'ils ne lui polluassent le crâne et le détournassent ? Rien n'était sûr. Il avait besoin d'être rassuré, ce que tentèrent encore davantage George et Régina :

« Vous savez, monsieur, nous voulons juste vous aider à aider ce jeune homme, déclara Régina. Le faire promener lui permettra de changer d'air et de se refaire de l'é-nergie pour le lendemain. N'ayez surtout aucune crainte, car nous le ramènerons à l'atelier avant la fin de l'après-midi...

-Ce qui veut dire que l'atelier restera fermé du matin jusqu'à tard l'après-midi, s'inquiéta John en l'interrompant. Que voulez-vous faire exactement avec Ri-gobert ? »

Les arguments du couple ne convainquirent pas l'homme. Cependant, il accéda à leur requête quoique dubitatif. Il se demandait intérieurement si ses interlocuteurs n'étaient pas des agents de police ou des envoyés d'une organisation non gouvernementale ou autre. Il ne put refuser, car il ne voulait pas réveiller en eux quelque soupçon sur la vie et le travail des trois jeunes. Son doute contrastait avec l'impact psychologique qu'aurait cette sortie sur son neveu.

De retour au centre de santé à treize heures, Régina et George frappèrent à la porte de Carine. Endormie, celle-ci répondit après plusieurs tocs et ouvrit la porte, le visage rempli de sommeil.

« Comment vas-tu, ma fille ? s'enquit Régina.

-Je vais bien, maman, répondit la jeune fille.

-J'espère que tu n'as pas eu peur de rester seule dans la chambre.

-Non, j'ai pu dormir sans peur. J'ai beaucoup prié aussi.

-As-tu pris le déjeuner ?

-Oui.

-Parfait. Rentre te reposer, nous allons faire de même avant que le restau ne ferme. On se revoit au coucher du soleil.

-Merci maman. Dieu te bénisse abondamment ».

CHAPITRE 14

L e samedi, à la fin de la conférence, le couple emmena Carine et Rigobert dans l'un des rares centres commerciaux de la capitale pour leur offrir du snack. Ce fut l'occasion pour eux de recueillir leurs impressions sur le contenu des présentations et des débats. Du moins, pour ce qu'ils purent percevoir de par leurs niveaux d'instruction respectifs. Les jeunes gens choisirent de la glace, du bon *gélato* ita-lien aux goûts de pistache et de vanille, accompagnée de sandwichs et de sodas, tandis que George et Régina se servirent du croissant et une bière brune.

Rigobert, le jeune vodoulandais, comme un coq débarqué en pleine forêt, éberlué et dépaysé, scrutait les vitrines des magasins et jetait des regards panoramiques sur la masse de personnes qui allaient et venaient dans les allées du *mall*. Carine, elle, était concentrée sur sa glace, la dégustant avec un appétit tel qu'elle n'en avait pas eu depuis le décès de sa mère. La jeune fille tenait pour la première fois et avec difficulté une cornée dont dégoulinait des filets qu'elle léchait bien adroitement en partant du bas de sa paume à la cime de la minuscule termitière.

Le feedback de la conférence était sans équivoque pour les deux jeunes. Chacun en était ressorti avec satisfaction quoiqu'ils eussent déploré des scènes et des prises de positions de certains intervenants.

L'exposé du pasteur Sunny, le Bahamien, sur l'éducation avait retenu l'attention de Rigobert. L'homme de Dieu avait démontré combien la politique de l'école gratuite et obligatoire était une garantie pour le développement durable des pays africains. Il partit des temps où Jules Ferry avait instauré cette mesure en France. Ce ministre de l'Éducation nationale avait décrété d'abord l'école gratuite, la rendant attrayante avec toutes les commodités, avant de l'imposer aux populations : manuels, instruments divers, cantines, bibliothèques, terrains de sports et autres aires de jeux. Dans la vision de l'Unicef, avait témoigné l'homme de Dieu, le contraire serait catastrophique : il ne faudrait pas déclarer l'école obligatoire si elle n'était auparavant pas totalement gratuite, car la désaffection des parents et des élèves pour cette institution en serait justifiée.

« Tantie Régina, dit Rigobert, de tout cela, c'est ton analyse qui m'a le plus permis de comprendre lorsque tu di-sais que la politique de l'école obligatoire exige que tous les enfants concernés par la scolarisation, mais qui sont hors du système scolaire, soient introduits ou réintroduits sur les bancs. Tu as ajouté que cela relève de la compétence des autorités et des parents, que pas un seul enfant en âge d'aller à l'école ne devrait rester en marge du système scolaire et que tout contrevenant devrait être puni par la loi. Or, il est fréquent de voir encore dans la plupart des familles, des petites filles non scolarisées servant d'aide-ménagères, de vendeuses à la criée, tout comme des garçonnets employés dans des plantations, le commerce et le transport ou qui traînent dans les caniveaux et les dépotoirs à la recherche de déchets à revendre ».

La jeune fille affirma aussi avoir apprécié l'intervention d'une syndicaliste enseignante sur le déphasage, dans un pays pauvre, entre l'accroissement des dépenses mili-taires et le manque d'établissements scolaires et universitaires. Cette femme, qui disait parler en tant que mère de famille, avait fait la remarque que la scola-risation avait été imposée sans que les infrastructures fussent en nombre suffisant. Elle avait donc souhaité que le gouvernement transformât plusieurs camps mili-taires et compagnies de gendarmerie, déjà disponibles dans toutes les régions du pays, en écoles, universités et centres de formation professionnelle. Elle ne comprenait pas, en effet, qu'un pays sous-développé pût tant s'armer : « D'ailleurs, contre qui allons-nous en guerre avec autant d'armements, de soldats et d'écoles de guerre ? Au moment où nous prônons une diplomatie de la paix et du dialogue, des poudrières foisonnent à travers le pays, avec des bidasses analphabètes, mal formés et corrompus. De la sorte, lorsque nous sommes en paix, les armes leur démangent tellement les mains qu'ils se sentent obligés de les retourner contre la mère patrie et les institutions républicaines, en faisant fi des bonnes mœurs et en bafouant les droits humains les plus élémentaires », avait déclaré la femme dans un tonnerre d'applaudissements, en répondant à une question. Elle avait renchéri en invitant les pouvoirs publics et la société civile à plutôt ouvrir des écoles.

La prof d'histoire d'à peine cinquante ans avait conclu que le développement durable et l'émergence souhaités ne seraient réalisables qu'un quart de siècle au moins après le début de la mise en œuvre effective d'une véri-table politique de « l'école gratuite et obligatoire jusqu'à la fin du lycée », qui conduirait à l'atteinte d'un taux d'alphabétisation de quatre-vingt-quinze pourcents, au mi-nimum. Selon elle, le gouvernement devait travailler à ce que tous ceux qui ne savaient ni lire, ni écrire, ni compter dans la langue officielle le sussent. Tel était le prix à payer pour que le pays émergeât !

Se disant impressionné par ces trois interventions,

Ri-gobert fit une projection systématique sur son propre cas. Il en déduisit que sa place n'était pas à l'atelier de vulca-nisation, mais sur les bancs de l'école.

Quant à Carine, elle se dit aussi touchée par le volet éducation de la conférence et comprit la nécessité pour l'Etat d'aider tous ses citoyens à savoir lire et écrire. Elle déplora, en outre, que le monde fût autant dominé par le sexe. En effet, comme l'avait dit le pasteur, une ONG de défense des droits de la femme, partenaire de celle de madame Corrida Wlussadeh, avait vanté, lors de la conférence, les droits sexuels et reproductifs des enfants. Cette notion avait soulevé une grosse polémique dans la salle. Les défenseurs de la morale religieuse et des valeurs culturelles traditionnelles étaient entrés dans un jeu de mots avec cette organisation internationale en lui opposant le droit à la santé sexuelle et reproductive tel que proclamé à Beijing. Ils estimaient que c'étaient des notions bien différentes : l'expression « droits sexuels et reproductifs » englobait, d'une part, les droits sexuels qui renvoyaient à l'idée d'orientation sexuelle, d'éducation sexuelle complète, d'homosexualité, de promotion de la masturbation, etc. D'autre part, les droits reproductifs qui signifiaient que toute personne avait droit à la reproduction, y compris les homosexuels, et que la femme pouvait dire non à son mari quand il s'agissait d'avoir des rapports sexuels et de faire des enfants ; la notion, telle que prônée par l'ONG, sous-entendait aussi la légalisation à tout vent de l'avortement.

De tout cela, c'était le droit à l'éducation sexuelle complète qui avait choqué Carine. Elle avait découvert dans la salle une espèce de personnes adultes, pourtant bien pensantes et lucides, qui demandaient la reconnaissance aux enfants de cette planète, quels que fussent leurs âges, la possibilité d'utiliser leur corps et leur sexe comme ils l'eussent souhaité, sans contrôle parental. Ainsi, au nom de ce principe, les gouvernements étaient de plus en plus encouragés à introduire dans les programmes scolaires, au-delà de la connaissance normale du corps humain, les différentes pratiques sexuelles possibles. Par exemple, l'on devait désormais apprendre aux enfants de tous âges et des deux sexes, dès la maternelle, à mettre une capote masculine. Cela avait provoqué une forte gêne chez Ca-rine qui ne pouvait pas regarder George et Régina en face en faisant référence à cet exposé illustré par un énorme pénis de bois habilement sculpté. Sa gêne avait d'ailleurs été partagée par un ressortissant d'Afrique centrale qui disait avoir déchiré les pages d'un manuel de CE1 sur ce sujet. Elle jugea indécent et immoral d'enseigner de telles choses aux enfants mineurs dont l'innocent esprit refusait toute complicité sexuelle et sexologique.

La jeune fille épousa la thèse des partisans

des valeurs morales traditionnelles et religieuses, défendue par l'orateur principal et selon laquelle le « droit à la santé sexuelle et reproductive » était plus objectif à défendre que les « droits sexuels et reproductifs ». Le premier terme cadrait très bien avec sa culture et les traditions de ses aïeuls. Carine ne concevait pas de cohabiter avec des homosexuels ou de promouvoir la masturbation, l'avortement incontrôlé et la sexualité chez les enfants et les adolescents. Ses parents lui avaient toujours enseigné la chasteté jusqu'à l'âge légal de mariage, aussi bien pour une fille que pour un jeune homme, et elle s'en était parfaitement accommodée.

Emue par la réaction des deux jeunes à ce stade, Régina leur proposa chacun un *gélato* supplémentaire qu'ils ne boudèrent pas du tout. En allant se faire servir au comptoir, Rigobert dit à Carine :

« Les Blancs sont devenus fous ou bien ? L'homme

peut coucher avec l'homme ou avec un chien ? On doit enseigner à faire l'amour aux petits enfants ? C'est quel monde ça, ma sœur ? En tout cas, moi, c'est plutôt la vraie éducation qui m'intéresse dans cette histoire. Parce que si nous sommes instruits, nous serons capables de lire nos Bible et Coran et de distinguer le bien du mal.

-Moi, non plus, je ne peux pas me fier à ces discours mondains qui risquent d'ailleurs de causer pas mal de troubles dans ce siècle. Je comprends aussi que ce serait bien pour moi d'aller à l'école. Toi au moins, tu es allé jusqu'en première ; c'est bien, tu peux t'en arrêter là.

-Non, on nous a dit à la conférence que la loi veut que je continue encore les études ; il y a encore de la place à l'école pour moi ; je dois obligatoirement aller jusqu'au baccalauréat. C'était même mon objectif en venant dans ce pays. Malheureusement, je n'ai même pas le temps de passer devant la cour d'un établissement scolaire, regretta Rigobert. »

Au cours de la conférence, George avait également fait remarquer que les défenseurs des dérives de la *complonauté mondialisante,* appelées droits sexuels et reproductifs, telles que dénoncées par le pasteur Sunny, mettaient volontairement ces notions en concurrence avec le droit à la santé sexuelle et reproductive universellement reconnu en vue d'inonder la Terre de pratiques contraires aux normes divines et à la morale des peuples. Le pensionnaire de l'Hospice s'interrogea, pour boucler ce chapitre, pourquoi les besoins de développement ainsi que les croyances des peuples n'étaient pas mis en avant plutôt que cette affaire de sexe.

Sur un autre aspect des débats, Carine et Rigobert démontrèrent leur compréhension de l'importance de la santé comme facteur de développement d'une nation. Cela avait été évoqué quand un ancien ministre de la Santé du Japon, à la suite du pasteur, avait présenté la couverture sanitaire universelle comme la panacée pour améliorer considérablement l'espérance de vie des Afri-cains. Il avait souligné à cet effet que les pouvoirs publics africains devraient mettre fin au « développement des capitales » pour s'attaquer aux problèmes de toutes les contrées de leurs pays. Les centres de santé, dans toutes les régions, devraient pouvoir offrir les mêmes services aux populations.

L'ex-ministre avait démontré, preuves à l'appui, comment le développement déséquilibré des pays pauvres les enfonçait davantage dans leur misère : « Lorsque vous implantez tous les services sociaux de base dans une seule ville ou région, vous êtes en train de dire aux populations des autres provinces que la vie ne peut être bonne que dans cette seule partie du pays. Et lorsque ces gens se rendent compte qu'effectivement il n'y a que là qu'ils puissent bien se nourrir, se soigner, aller à l'école ou à l'université, s'informer, vendre, acheter et se déplacer aisément, ils migrent vers ce point. Alors, ne vous étonnez pas que de tels centres urbains soient très vite dépassés et que la cohabitation, que dis-je ? la promiscuité des bons et des mauvais, des ignares et des intellos, provoque le dépassement voire la ruine des infrastructures », avait affirmé l'homme.

L'intervention du Japonais rappelait le cas révoltant d'une femme de trente-huit ans décédée quelques années auparavant des suites du cancer du col de l'utérus. Régina avait relaté la situation au micro. Malade à Pingbwa, la femme avait traité à l'indigénat son « mal de ventre » pendant que sa partie génitale souffrait atrocement. Sans possibilité de dépistage, faute d'un centre de santé adéquat à proximité du village, le mal s'était empiré jusqu'à ce que, au bout de deux ans, elle fût devenue pâle et maigre du fait d'une anémie aiguë, avec une double incontinence fécale et urinaire et des douleurs lombaires. Grâce à son oncle, elle avait été transportée d'hôpital en hôpital, de ville en ville, jusqu'à Gnanganville où elle rendit l'âme après tant et tant d'onéreux traitements et analyses médicales. Le néo du col n'avait pu être détecté ni traité dans aucun des établissements sanitaires qu'elle avait parcourus avant d'atteindre la capitale. Ainsi, au bout de vingt et un jours d'hospitalisation, quand elle recevait le résultat du test crucial, celui de la biopsie, fourni par le service d'anatomie-pathologie (Anapath), c'était déjà trop tard ! Et le minuscule corps de la femme fut enseveli au cimetière de Gbangbandougou, commune au sud de Gnanganville. A plus de huit cents kilomètres des terres de ses aïeuls.

Le thème de l'environnement semblait avoir peu préoccupé Rigobert et Carine. Régina insista pour qu'ils en dissent un mot, mais ils n'en retinrent pas grand-chose, sauf quelques points. C'est Carine qui intervint la première.

Pasteur Sunny avait affirmé à ce sujet qu'un environnement sain était source de bonne santé ; il avait ajouté que la protection de l'environnement était aussi bien un devoir pour l'Etat que pour le citoyen. Cela ne concernait pas uniquement les parcs, les réserves naturelles et les grands cours d'eaux, mais également le cadre de vie immédiat des populations en termes de salubrité et d'hygiène.

A son tour, Rigobert déplora que les comportements banals que chacun affichait dans les villes, villages et quartiers constituaient de graves menaces sur le maintien des équilibres naturels et sur la vie-même des êtres humains. Il avait particulièrement retenu l'importance du tourisme expliquée par cet originaire d'une île dont l'économie était basée sur l'activité touristique. « Un pays qui néglige son environnement et son tourisme ne peut prétendre au développement durable », avait dit en résumé l'homme.

Après ce point, Carine et Rigobert s'en allèrent utiliser les toilettes dans le fond du hall. Les suivant des yeux, Régina et son mari murmurèrent quelques paroles :

« Ils semblent avoir bien compris les différents messages, dit George.

-Oui, mais encore plus, ils savent quelle position adopter dans leur propre intérêt, répliqua Régina. Je pense pouvoir compter sur eux pour mon projet.

-Carine sortira bientôt de l'Hospice ; elle retournera à Pingbwa, fit remarquer George.

-Cela ne gêne pas, j'irai la récupérer. Nous devons aider ces jeunes à aller plus loin dans la vie, décida Régina.

-Tantie, je pense que je vais repartir dans mon pays pour poursuivre les études, dit Rigobert à Régina à son retour des toilettes.

-C'est une excellente idée de chercher à t'instruire, répliqua Régina. Nous en reparlerons davantage. Pour l'instant, continue à travailler à l'atelier.

-On n'en est pas encore là, Rigobert. Laisse Dieu

travailler pour toi, ne te presse pas, ajouta George avec un sourire, comme pour encourager le jeune homme ».

Aux environs de seize heures et demie, ils quittèrent le *mall* à bord d'un taxi. Tous, le cœur en joie, en direction du magasin de vulcanisation où les attendait John Attokpa.

CHAPITRE 15

Carine était sortie de Global Hospice le jour de la levée de corps de sa mère. Déjà, la veille, elle avait fait un dernier contrôle dans la chambre ; aucun objet oublié, les tantes avaient tout enlevé à la fin des deux nuits qu'elles avaient séjourné là. La fille était retournée à Pingbwa, accompagnée de Régina qui tenait à assister à l'inhumation de la vieille Djinon. Une occasion pour Mme Beau George, après une longue période d'absence, de revoir ses deux enfants et ses deux nièces confiés à la grande famille.

L'arrivée du corbillard provoqua une indicible émotion dans le village. Les pleureuses professionnelles de la circonscription avaient été réquisitionnées pour la circonstance et réparties entre trois sites : un groupe dans la cour de la défunte, celle de son mari ; un autre dans sa famille biologique, celle de son père, et le dernier chez les *koudéhétchê,* la famille maternelle. Un certain nombre d'entre elles – une quinzaine à peu près – se joi-gnirent à la foule formant une longue haie sur environ cinq cents mètres à l'entrée du village, côtoyées d'une horde de motocyclistes, appelés « *motaristes »,* paradant autour du véhicule mortuaire. C'étaient des taxis-motos. A l'image des *zémidjan* de la capitale, ils assuraient le transport public dans cette région enclavée du pays. Une file de voitures de toutes catégories s'ensuivirent, venues également des quatre coins de la sous-préfecture de Djbèhèwlô.

Le cercueil regarda rapidement le cimetière et poursuivit son chemin au milieu des cris et des pleurs de la foule composée en majorité de femmes, d'enfants et de jeunes Patriotes qui combattirent au sein des groupes d'auto-défense au tout début de la guerre civile. Ces derniers avaient fait de ces obsèques leur affaire personnelle. Ils se sentaient plus concernés que la famille éplorée elle-même puisque c'était dans leur course poursuite contre les agents des Forces patriotiques que ceux-ci étaient parvenus au lieu de l'agression de Djinon. Ils les eussent rattrapés à temps que c'eût été évité, regrettaient-ils en passant. C'était la raison pour laquelle, qualifiés de ceux qui frappent du bâton le sol après le passage du serpent – eux qui, pourtant, avaient défendu crânement leur terre et ses populations – ils avaient pris les devants dans ces obsèques, pour faire amende honorable.

A l'approche de la place publique, les femmes, jeunes et vieilles, sanglotantes, prirent d'assaut le corbillard. Au détour de quelques cases, le véhicule s'immobilisa devant la chapelle ardente offerte par le bureau régional des NAM. Il était quinze heures quand Régina, tenant Carine par la main, apparut. Toutes deux se jetèrent dans les bras de l'une des sœurs de Djinon qui les conduisit dans la cuisine de la défunte. Là, elles furent accueillies par un parterre de pleureuses entre les jambes desquelles elles s'étaient écroulées en criant à tue-tête.

On le sait, le pleur libère. Il a un double effet psychoaffectif et thérapeutique, selon les travaux de nombreux chercheurs. Mais chez certains peuples où la solidarité continue encore d'exister, le pleur a une fonction sociale très appréciable, notamment dans les circonstances de deuil où sa durée est proportionnelle au degré de lien solide entre, d'une part, celui qui pleure et le mort lui-même et, d'autre part, entre lui et la famille éplorée.

C'est pourquoi l'on n'interrompt pas de sitôt celui qui pleure un mort. Régina et sa filleule avaient été soumises à cette prestation scénique jusqu'à ce que les pros, qui, par le rythme de la psalmodie et des suffocations alternées, connaissaient le point de chute du pleur, les encourageassent à sécher leurs larmes pour faire place aux salamalecs de retrouvailles et de compassion.

Terminé la séance, Carine et Régina regagnèrent leurs maisons afin de s'apprêter pour la soirée funèbre. A cette veillée à la fois religieuse et traditionnelle, plusieurs délégations venues des villages voisins et de l'autre côté de la rivière Nibou, s'exprimèrent pour rendre hommage à la défunte, une femme généreuse et travailleuse dont la réputation dépassait les frontières de sa tribu. Dix bœufs, un âne, des sacs de riz et d'igname, des boucs et des béliers ainsi que divers autres vivres furent offerts. Les *koudéhétchê,* à eux seuls, firent don de trois zébus de type sahélien et la somme de deux millions de *wahi.* Au total, cinq millions de la monnaie nationale avaient été recueillis au cours de la seule nuit.

Le lendemain, dès le lever du soleil, les interventions reprirent. Les délégations continuaient leurs dons, mais le comité d'organisation accéléra le protocole en suspendant les prestations des groupes de danses venues de tous les cantons et même du pays frontalier. Le soleil était monté au-dessus de la tête sans que n'eussent pris fin les déclarations. Néanmoins, les visiteurs lointains avaient pu présenter leurs dons. Restaient quelques-uns des villages voisins pour boucler la boucle. Alors, les femmes responsables des foyers de restauration invitèrent autorités administratives, chefs coutumiers et religieux à se rendre dans les différentes familles d'accueil pour le déjeuner : « L'eau est prête », déclara la femme du président du comité d'organisation au chef du village.

Parmi les hôtes, l'on distinguait la délégation du corps préfectoral conduite par Dr. Lee, un infirmier s'étant rangé du côté des Forces patriotiques et bombardé ensuite secrétaire général de préfecture ; il représentait le colonel préfet de région. Il y avait également un ex-collaborateur de Corrida Wlussadeh qui conduisait la délégation des élus de la région ; en tant qu'agent humanitaire, ce dernier avait aidé la rébellion en transportant leurs armes et munitions. Il réussit même à faire entrer l'orgue de Staline dans la région pour le compte des Forces patriotiques. Sa récompense fut un poste de conseiller municipal dans une commune. A noter au passage que cette arme lourde fit plus de mille morts en une nuit.

Quand le soleil du rat palmiste eut fini de briller dans les différents lieux de repas et que l'astre du jour commençait à passer, les neveux, enfants chéris de la fa-mille d'un défunt selon la coutume, se mirent en position pour le départ au cimetière.

Ils s'emparèrent de l'impressionnante bière offerte par le programme chargé de la cohésion nationale et du dédommagement des victimes de guerre. Une longue procession, avec un cortège de voi-tures et de motos, accompagna le cercueil. Au cimetière, tout comme à la mairie, à la maternité, au stade, au palais de la Culture, au palais présidentiel ou partout, le théâtre fut le même.

Funérailles d'honneur ou de moquerie ? Une chose était certaine : Djinon, victime de la barbarie des rebelles, avait reçu un vibrant hommage posthume de la part des fils et filles de sa région et l'Etat y était représenté. Après l'inhumation, les autorités prirent aussitôt le chemin de la ville. Les habitants du village, en rentrant chacun chez soi, allèrent de leurs ruminations et de leurs récrimina-tions sur le sort de nombreux autres Djinon à travers le pays.

La nuit de l'enterrement, la cérémonie traditionnelle, prévue en dehors de toute animation, était celle réunissant la famille de la défunte avec le côté maternel, les *koudéhétchê*. Comme à l'accoutumée, ce n'était pas une partie de plaisir. Débutés à vingt et une heures, les pourparlers aboutirent à cinq heures, le dimanche matin, où la pierre fut lancée et abattus les deux bœufs qui leur étaient dédiés. Cela marqua la fin des funérailles de leur fille.

En revenant du cimetière, Régina avait été approchée par l'ex-collaborateur de Corrida ayant conduit la délégation des élus locaux. Il était porteur d'un message de la directrice régionale des NAM invitant la jeune femme à passer à son bureau au moment de retourner à Gnanganville, mais de préférence un dimanche afin qu'elles eussent le temps d'échanger suffisamment sur la situation de Beau George. Régina proposa de répondre à l'appel bien avant la date de son voyage, en compagnie de Carine ; elles en profiteraient pour exprimer leur gratitude à la directrice pour l'implication de son ONG dans la prise en charge des obsèques de

Djinon.

Corrida logeait dans le camp des NAM. Sa villa était près de celle de l'assistante sociale. Les deux femmes vivaient pratiquement seules, avec leur personnel domestique, un boy et une servante chacune. Pour éviter des conflits de travail et autres tentations des deux côtés, elles avaient engagé des couples qui vivaient dans des pièces indépendantes. L'agent de Corrida, qui était prévenu de la visite, introduisit Régina et Carine dans la cour, à leur arrivée, alors que sa patronne était dans sa chambre. Après qu'il les eut installées dans le salon, il s'en alla les annoncer avant de revenir sacrifier aux formalités d'usage qu'imposait la tradition dans le pays : proposer de l'eau à boire. Il entra dans la cuisine et en ressortit quelques minutes plus tard avec un plateau contenant, en plus d'eau, des bouteilles de *bissap* et de *gnamankoudji,* ainsi que des assiettes d'*alloco,* d'ignames frites, de boulettes de viande hachée bien assaisonnées, de noisettes, de barres de baobab, du *tchiôhô* et du *manh*. Il y en avait pour au moins cinq personnes. Les hôtes se contentèrent d'un verre d'eau en attendant la directrice.

Un quart d'heure après que le boy se fut retiré, apparut la maîtresse des lieux, précédée dans la pièce par l'odeur d'un parfum de marque. Grande de taille et élancée, d'une forme quelque peu exagérée, vêtue d'un body décolleté en fine dentelle asiatique, le devant et le derrière plaqués dans un collant de chambre, Corrida laissait entrevoir toute la lourdeur d'une poitrine proéminente terminée par deux gros points. Au milieu de ses seins, scintillait une médaille marquée de quatre lettres argentées, L-O-V-E.

« Bonjour. Soyez les bienvenues, dit Mme Corrida Wlussadeh en serrant la main, d'abord à Régina puis à Carine qu'elle prit affectueusement contre sa poitrine avec de gentils mots de compassion. Je nourrissais un réel espoir de guérison pour ta mère, ajouta-t-elle. Malheureu-sement, le sort en a décidé autrement. Sois forte, ma fille ; ainsi va la vie, termina-t-elle ses encouragements à l'endroit de la jeune fille, en se tournant vers Régina. Le serveur vous a-t-il proposé à boire ? Alors, nouvelles ? demanda-t-elle lorsque Régina eut acquiescé. Comment va ton mari ?

-Il se porte bien, répondit Régina, du moins jusqu'à hier soir où nous avons eu notre dernier entretien téléphonique. Je tiens à vous remercier pour l'assistance dont nous avons bénéficié de la part de l'Hospice grâce à votre magnanimité. Merci beaucoup, madame.

-Son cas m'avait quelque peu effrayée, mais j'avais confiance en nos équipes de chirurgiens. Rendons grâce à Dieu pour son miracle.

-L'opération s'est déroulée sans difficulté majeure, à tel point que mon mari récupère assez vite. Dieu voulant, il pourrait reprendre le travail dans quelque deux ou trois mois, d'après le pronostic de ses médecins traitants.

-Alors, deuxièmes nouvelles ?

-Oui. Comme on le dit chez nous, à part ce qui va, ça ne va pas ; la vieille qui avait eu le sein sectionné n'a pas survécu. C'est la mère de Carine et donc j'ai tenu à l'accompagner à l'enterrement.

-Je vois, j'ai l'ai tout de suite reconnue, la petite. Elle accompagnait régulièrement sa mère ici, avant votre voyage à la capitale. Mes condoléances à vous. J'imagine combien sa mort a affecté la communauté villageoise de Pingbwa. Malheureusement, je n'ai pas pu me rendre à ses obsèques. *Yako* encore. Et c'est pour quand, le départ ? Ben, allons, c'est à vous ! les encouragea-t-elle à se servir les amuse-gueules posés sur la tablette.

-Dans une semaine. Je dois passer quelques jours supplémentaires avec les enfants et surtout m'entretenir avec le père de Carine avant de repartir.

-Oh, la pauvre ! fit Corrida en regardant Carine, avant de se lever promptement de son siège. »

S'excusant auprès d'elles, elle prit la direction du couloir conduisant aux chambres à coucher. Après quelques minutes, elle ressortit avec dans la main, deux enveloppes kaki. Elle s'assit et, ayant poussé un soupir lourd de regret, s'empara de son téléphone portable. Elle composa rapidement un numéro et dit : « Allo ! Thur, tu peux venir, s'il te plaît ? Pour juste un quart d'heure. Merci. ».

Dans les deux minutes qui s'ensuivirent, apparut au seuil de la porte, une très belle femme bien bâtie qui entra avec un large sourire alors qu'elle regardait Régina. « Bonjour Régina, dit-elle. Monsieur Yao vous a donc transmis notre message ?

-Oui, bonjour madame. Comment allez-vous ?

-Très bien, merci. Mes condoléances encore. Carine,

bonjour. Beaucoup de courage à toi.

-Elles sont là depuis une demi-heure. Comme convenu, je voulais leur remettre ce que nous avons prévu, dit Corrida.

-Bien sûr, fais-le, chérie ».

La femme, c'était l'assistante sociale. Son nom, Thur Gbaway. Dans un lointain passé, cette originaire d'une île asiatique était une prostituée titulaire d'un bachelor en sciences sociales. Elle fonda ensuite un foyer mais perdit son homme après quelques années. Embauchée par les NAM, sa mission consistait à appâter les dirigeants politiques les plus influents de son pays en vue d'obtenir du gouvernement le soutien nécessaire à l'exécution de leurs tâches sur le territoire national. Pour sa première affec-tation à l'extérieur, elle opta pour Gnanganville après une brève formation de quatre mois comme assistante sociale. A son arrivée dans le pays, Corrida la plaça à ses côtés en connaissance de cause : toutes les deux étaient des veuves sans enfant.

L'attention de Régina fut portée sur une attitude que développaient les deux dames. En parlant, elles dressaient l'index et rabattaient le pouce sur les ongles des trois autres doigts. C'était le signe d'une grande confrérie mondialement connue, qui signifiait « Un pour tous, tous pour un ». Cette fédération de plusieurs ONG était spécialisée dans la défense des droits des homos. Sa particularité, il ne fallait pas toucher aux intérêts d'un membre des ONG qui la composaient, ou d'une seule de celles-ci, quel que fût le lieu où il se trouverait aux quatre coins du monde.

« Madame, avec toute notre compassion, nous voulions vous remettre ces modiques enveloppes, à toi et à la petite, dit gentiment la directrice en déposant les deux plis sur le guéridon, devant Régina, près du plateau ».

Il y était inscrit respectivement « WH.500 000 » et « WH.300 000 ». A la fin de la conversation, au moment où Régina voulait demander la route, Thur lui proposa de venir avec elle. Les deux sortirent en laissant Corrida et Carine.

CHAPITRE 16

Au moment où Régina revenait à pas pressés, Carine ouvrait la porte vitrée de la grosse villa. Corrida et Thur s'étaient illustrées de la manière la plus impensable et énervante possible. Le plan commun qu'elles avaient ourdi ne prit certes pas, mais elles purent tout de même faire leurs propositions indécentes aussi bien à Carine qu'à Régina. Chacune de son côté, dans un bagout peaufiné, digne de lesbiennes expérimentées, elles avaient tenté de les embarquer et se les envoyer sur-le-champ. Mais elles n'y avaient point cédé. Les us, les coutumes et les croyances du pays n'autorisaient pas les rapports sexuels entre personnes de même sexe. D'ailleurs, dans le cadre de rapports hétéros, tout un tas de procédures devaient être respectées auparavant. Néanmoins, leur outrecuidance avait poussé les deux humanitaires à oser masser et tripoter les cuisses et les seins de ces naïves.

Régina les quitta à la fois déçue et totalement dévastée. Il manqua de peu pour qu'elle remît leur argent, mais elle s'était ressaisie grâce aux supplications de Thur et surtout à cause de la situation de la jeune orpheline. Elle tira Carine par la main vers le portail et les deux s'en allèrent.

Après le départ des deux visiteuses, Corrida Wlussadeh et Thur Gbaway se retrouvèrent dans le séjour de la di-rectrice, dans un sofa Louis XIV local bien douillet. Là, les jambes entremêlées, trinquant un fond de *limoncello*, elles se briefèrent sur leur expédition manquée. L'une et l'autre avaient buté contre la hardiesse de Carine et Régina. La petite avait développé une réflexion mature qui indiquait son profond attachement à la religion chrétien-ne. Issue d'une famille évangélique, elle avait grandi dans l'église où elle avait été baptisée depuis seulement deux ans, avec une connaissance assez poussée de la Bible. Quant à Régina, elle n'avait pas eu besoin de mettre en avant son statut de chrétienne baptisée du Saint-Esprit ; elle avait donné à Mme Gbaway une leçon de morale avec un raisonnement fondé sur la controverse autour des questions de l'homosexualité et de l'orientation sexuelle. Elle en était arrivée au fait que ces sujets ne constituaient nullement les priorités de développement de sa région et de son pays.

Arrivées à Pingbwa, Régina et Carine se rendirent chez le chef du village pour porter à sa connaissance cette honteuse scène vécue en ville. Scandalisé, le vieil homme décida de convoquer son conseil dès le lendemain. Mais que cela pouvait-il faire à ces expatriées, elles qui, malgré leurs pratiques immorales décriées de tous, poursuivaient leurs sales besognes dans la région ? Quel effet la colère d'une quelconque chefferie coutumière ou religieuse pouvait-elle avoir sur elles, elles qui gardaient toujours leurs postes malgré les plaintes des victimes auprès des autorités locales ?

Le chef tint tout de même sa réunion. Les notables, le chef de terre, le pasteur, le prêtre, les responsables des femmes et des jeunes, tous furent unanimes qu'il fallait entendre les deux responsables des NAM. Quoiqu'elles eussent marqué les habitants de Pingbwa par leur implication dans les deux principaux cas ayant affecté le village, il était hors de question que l'on tolérât ce dérapage.

« Ces deux dames ont franchi le Rubicon en transposant leurs ignobles pratiques sur nos filles, dit le chef devant l'auditoire. Je voudrais bien m'y rendre en personne, mais, malheureusement, l'adulte n'accourt pas le pre-mier là où l'on frappe le gorille. C'est pourquoi, Bèhètou, tu seras le chef de délégation, ajouta-t-il en fixant l'un de ses proches collaborateurs. Va les interroger sur leurs agissements afin qu'elles y mettent immédiatement fin. Pasteur, tu les accompagnes, car la position de l'Eglise est capitale dans cette histoire. Quant à Régina, qui a subi le déshonneur, elle vous y conduira pour que son témoi-gnage, indiscutable, confonde la directrice et sa femme-mari. Mais attention, Bèhètou, lorsqu'un adulte est sous le raphia, la lame ne disparaît pas. Veille à ce qu'il n'y ait pas de palabre et que vous ne vous quittiez pas en queue de poisson, conseilla-t-il avant de se lever ».

Etaient donc ainsi désignés pour effectuer la

mission : Bèhètou, le secrétaire du chef, le pasteur, la présidente des femmes, le président des jeunes, le directeur de l'école primaire et Régina. Ceux-ci empruntèrent la première occasion, très tôt le lendemain matin. Un *badjan*, l'unique et rare camion de transport qui relaie de temps à autre les taxis-motos, plein comme une boîte de sardines, revenait du fin fond du terroir de Miyassè et s'arrêta au centre de Pingbwa pour son dernier chargement. Les six envoyés s'y engouffrèrent sans se préoccuper de la disponibilité des sièges. Les fesses de Régina se retrouvèrent sur les cuisses d'un vieux commerçant aux dents rancies et cariées, dont la barbe grise caressait le dos de la dame, au carrefour de ses épaules avec la base de son cou. Elle n'en fit aucunement cas. Le pasteur, lui, ne trouva pas mieux ; il s'installa sur un sac de *placali* suintant et dégageant une forte odeur d'amidon. Les autres se débrouillèrent tant bien que mal pour s'asseoir, dans des postures favo-risant crampes, fourmillements et courbatures.

Pendant une heure et demie, le camion tangua et vacilla sur le chemin cahoteux avant de parvenir à la gare de la mosquée de Djbêhêwlô. Les derniers devinrent les premiers : un à un, les membres de la délégation de Pingbwa jaillirent du véhicule avec un empressement tel qu'ils oublièrent leur monnaie avec le balanceur qui interpella le président des jeunes auquel il remit la somme due. Ils prirent donc la direction du camp des NAM, à pied.

En les voyant arriver, conduits par un vigile, l'assistante sociale ne se doutait de rien de grave ; peut-être Régina emmenait-elle ses parents exprimer leur gratitude aux responsables de l'ONG pour l'argent reçu l'avant-veille. Elle les pria de s'asseoir sous le préau en attendant que la directrice se libérât à l'heure de la pause, à midi. Quelques minutes plus tard, ils furent installés dans la salle de réunion. C'était une vaste pièce climatisée, équipée d'appareils audiovisuels sophistiqués et de meubles de fabrication locale mais de style vraiment moderne. Les chaises, rembourrées et bien vernies, se disposaient autour d'une table vitrée sur laquelle était posé un gros bouquet de fleurs naturelles cultivées dans la région.

A l'approche de l'heure de l'audience, Corrida et Thur firent un tour dans la salle en compagnie de leurs assis-tantes de direction et d'un garde. Une manière de prendre le pouls de la situation, d'évaluer l'état d'esprit de leurs visiteurs. Elles furent accueillies de manière conviviale quoique les mines semblaient quelque peu grisées. Ayant senti l'écart de température entre l'intérieur et l'extérieur, la directrice proposa du café chaud, ce que les hôtes ne boudèrent point. Un cocktail complet fut servi, comme d'ordinaire, et c'était l'occasion pour ces délégués, qui n'avaient pas eu le temps le matin de manger leur riz couché, de se gaver.

Après que Bèhètou eut pris sa première gorgée de jus de *bissap,* il sentit un malaise comme jamais auparavant. Il ne comprenait rien à ce qu'il lui arrivait. Etant le plus âgé du groupe, il ne voulait cependant pas alerter les autres. Il pinça le président des jeunes, Kéchi, son voisin immédiat, lui demandant de l'accompagner dehors. Un clin d'œil au pasteur pour s'excuser et il se leva.

« Hum ! Non, non, non. Mon petit, quelqu'un a tenté de me tester, dit le vieil homme. Quelqu'un m'a tenté, ajouta-t-il avec insistance en remuant la tête en signe aussi bien de désemparement que de désapprobation.

-Quoi ! Papa, qu'as-tu ? Que se passe-t-il ? lui demanda Kéchi.

-Je sens que je suis attaqué. Quelqu'un est en train de se mesurer à moi, répondit Bèhètou.

-Ah bon ? Qui ose faire cela ? s'interrogea le jeune. Laisse-moi te trouver une chaise, proposa-t-il au secrétaire du chef du village avant de faire quelques longues enjambées vers le hangar.

-Une force mystique veut s'abattre sur moi, mais son auteur sera confondu s'il n'y prend garde, avertit le vieux à l'approche de son compagnon. On ne joue pas avec moi de la sorte, surtout pas dans de telles circonstances. Vouloir m'humilier hors de mon territoire ? Jamais, je ne puis l'accepter ! Kéchi, appelle-moi le pasteur, qu'il vienne prier pour moi, ordonna-t-il. »

Kéchi retourna dans la salle. Discrètement, il parla à l'oreille de l'homme de Dieu qui se pressa de se lever sans toutefois attirer l'attention des autres membres de la délégation. Après avoir entendu les complaintes de Bèhètou, le pasteur le rassura qu'il n'était pas en danger. Il se mit à prier en lui imposant les mains. Mais le vieux, bien que répondant « amen » à la prière, n'en semblait pas pour autant apaisé. De toutes façons, il avait toujours eu confiance plus en ses fétiches et gris-

gris qu'en Dieu. Mais dans la situation du moment, il faisait feu de tout bois, pourvu que sa vie ne fût pas en danger et que ses pouvoirs ne l'abandonnassent.

Le pasteur le fit marcher sur quelques mètres et le fit rasseoir sur la chaise. Assuré qu'il était en bonne santé, il rentra dans la salle. Bèhètou, lui, sentait encore le coup de froid dans son corps. Comme si son sang, ses muscles, ses os, son cerveau, tout s'était subitement gelé. Il n'avait jamais eu cette sensation auparavant. Il voulait donc comprendre et connaître l'ennemi tapi dans l'ombre, avant de rejoindre les autres. Il fallait à tout prix démasquer ce sorcier qui cherchait à l'humilier et à attenter à sa vie.

Constatant l'absence prolongée des deux, Régina se tint à la porte où elle croisa le pasteur qui lui murmura quelques paroles. Dans la salle, le garde de Corrida vint annoncer l'arrivée très imminente de ses patronnes. Alors, l'instituteur suivit Régina pour inviter le chef de délégation et le président des jeunes à reprendre leurs places. Mais les déclarations du vieux, ses inquiétudes, ses soucis et sa volonté de démasquer absolument son agresseur n'étaient pas rassurants. Fallait-il insister et le ramener dans la salle ? Etait-ce l'une des deux respon-sables de l'ONG qui avait soufflé un vent sur le vieux ? Il est vrai que ces genres d'individus sont souvent dans des sectes mystiques et, avec eux, tout peut arriver au moment où l'on s'y attend le moins.

Sereine, Régina parla en ces mots à Bèhètou : « Vieux guerrier intrépide de la tribu des Tchidroukpa ! Maître-chasseur qui vainquit moult buffles et éléphants de la forêt ! Toi devant qui tout sorcier de Djbèhèwlô mord la poussière ; papa Bèhètou, tu ne seras pas Toubèhè ; la guerre ne t'a point vaincu. Que veux-tu que nous rapportions au chef en rentrant au village ? Que tu es resté en ville par une quelconque ivresse ? Qu'un sorcier inconnu t'a neutralisé ? Non, non et non ! Lève-toi de cette chaise, papa, tes petits t'attendent dans la salle ».

A ces mots, le vieux se tint droit comme un jeune étalon de vingt-cinq ans. La femme de Beau George éclata alors de rire en voyant Bèhètou sur ses jambes comme un piquet.

La sorcellerie ! Du vivant de son père, Régina avait appris qu'il en existait deux types. L'une, négative et destructrice, était la plus répandue, une joujoute pour beaucoup. Elle causa pas mal de tort au sein des populations. Certains mangeaient l'âme de leurs enfants prédestinés au succès et au rayonnement. D'autres retardaient simplement l'évolution sociale de leurs proches en les taclant dans leurs projets les plus nobles. D'autres encore brûlaient, dans le monde invisible, les champs entiers de leurs pairs en y faisant passer nuitamment un panier de rotin appelé *foula-toho*. C'était, pour eux, un moyen de transférer par anticipation toute la production dans leurs propres greniers au moment des récoltes. Les crimes de sorcellerie étaient monnaie courante et assez variés : des femmes étaient rendues stériles – utérus, trompes et ovaires passés à la soupe sur un feu de tibia – des plaies incurables, des hernies, des hémorroïdes et des troubles mentaux étaient infligés. Même la fistule obstétricale, la honte de plusieurs jeunes mamans, le sida et de nombreux accidents de la route étaient mis sur le compte des sorciers !

Chose paradoxale, parmi les auteurs, il y en avait qui, bien que misérables dans la société, étaient très cossus dans le secret de leur confrérie ; ils mettaient tous leurs compagnons à leurs pieds, urinant et déféquant parfois dans leur bouche en cas de faute lourde. Ces gens possédaient même des avions de graine de palme les faisant voyager à travers le monde entier pour retrouver leurs victimes outre-mer. Mais en réalité, ils n'étaient que des feuilles mortes dans la société, d'inutiles nécessiteux constamment en quête de la portion congrue.

L'autre forme de sorcellerie était positive, œuvre de bien-veillantes gens qui luttaient plutôt pour le bonheur et le progrès de tous. C'étaient des personnes qui voyaient clair et qui exorcisaient le mal. Cette catégorie de sorciers protégeait leurs familles contre les attaques de toutes origines. Ils veillaient à la sécurité des personnes, des cultures et du bétail. Parmi eux, se trouvaient le groupe restreint des *sohognanhi,* grands sorciers chargés de démasquer et de punir les malfaiteurs des ténèbres. Leurs répondantes chez les femmes étaient les *tchingnonon* connues pour leur engagement, à travers une sorte de prestation de serment dans la confrérie *tchinkwlaha,* à ne point faire de mal. Dans l'univers mystique, ce sont ces deux armées qui protégeaient leurs communautés, et leurs compétences pouvaient s'étendre au-delà des frontières de leurs tribus par une intelligente coopération avec leurs confrères et consœurs des autres tribus. Ces sorciers étaient très respectés par les autres qui leur versaient tantôt des amendes, tantôt des butins ou des subsides faisant d'eux les plus nantis de leurs communautés.

Le vieux Bèhètou était *sohognanhi*. Il était réputé chez les Tchidroukpa pour avoir pris en flagrant délit un danseur de masque d'une tribu lointaine, qui s'était aventuré, dans un imposant corps de buffle bicéphale, à s'attaquer à une coalition de chasseurs de son village, ligués cette nuit-là contre les fauves herbivores qui dévastaient nuitamment les champs. Les chasseurs avaient eu leur salut grâce à cet homme, alors quadragénaire, qui avait contraint le mastodonte à se défaire de sa peau de buffle. Sous ses yeux, racontait-on, le sorcier fit sa mue tout en niant son forfait : « *N'sé touhi yo, hum !* », clamait-il d'une voix grave pour dire qu'il n'était pas un buffle.

Régina regarda Bèhètou droit dans les yeux, mais s'abstint de répéter les mêmes paroles d'encouragement que précédemment. En effet, dans son état, une abondance de mots valorisants et de qualificatifs mélioratifs constituerait, pour un puissant homme, de la drogue qui le mettrait en extase. La jeune femme évitait donc qu'il tombât en transe et se mît à démontrer son invincibilité en s'exhibant partout dans la cour. Enfin revenu à lui-même, le vieil homme décrivit son malaise comme un flux glacial ayant traversé sa colonne vertébrale et s'étant irradié jusqu'aux extrémités de son corps. Régina, se te-nant devant le vieux et le regardant une seconde fois droit dans les yeux, lui dit avec ironie :

« Le père, tu n'as rien. Personne ne t'en veut ; aucun sorcier ne veut t'humilier. Ce que tu as ressenti n'est nullement un phénomène mystique. Allons, je vais augmenter la température dans la salle. C'est le split qui t'a donné froid, n'accuse pas de sorcier. Si tu veux, oui, ton ennemi du jour serait un homme nommé Willis Haviland Carrier, un ingénieur étatsunien qui a inventé la climatisation moderne il y a plus de cent ans. C'est lui qui t'a tenté, voulant éprouver ses propres jujus. Mais je t'informe qu'il est parti depuis 1950. Haha ! »

Sur ce, Kéchi et Régina ramenèrent le vieux dans la salle au bout d'une demi-heure de récupération pour ce dernier. Thur et Corrida revinrent à leur tour. Elles engagèrent la causerie par les salamalecs : échange de salutations, proposition d'eau à boire (leurs hôtes avaient déjà bu), présentations, première nouvelle et seconde nouvelle. Tel est le protocole traditionnel dans ce pays. Ces usages – notamment les première et seconde nouvelles – imposés par les natifs d'une région, avaient pris le pas sur les habitudes internes des autres régions. Un exemple de fait culturel pouvant contribuer à la cohésion sociale, ainsi que les parentés à plaisanterie qui existaient entre certains groupes ethniques.

Le porte-parole des envoyés du chef, Kéchi, n'était que le canal par lequel le plus âgé s'exprimerait.

Il n'avait pas d'avis personnel à donner pendant les échanges, à moins de consulter le vieux assis à sa droite. Corrida et Thur devaient, elles aussi, s'adresser à la délégation à travers lui et lui seul. Un exercice tout de même pas aisé pour ces dames d'une autre culture. Elles s'y firent néanmoins.

Les débats furent, de toute évidence, houleux. Notamment pour les deux lesbiennes. Bèhètou et ses éléments leur donnèrent du fil à retordre suite au rapport oral fait par Régina sur leurs agissements. Rien ne put convaincre le vieux et sa délégation de la part des responsables locales de l'ONG. Bèhètou leur fit comprendre que ces pratiques ne sauraient prospérer plus longtemps dans ce pays dont la population, en majorité, ne parvenait pas à satisfaire ses besoins vitaux les plus basiques. Le pasteur, ministre de culte, à son tour, s'exprima en des termes qui signifiaient peu ou rien pour ces dames qui l'écoutèrent cependant d'une manière tout aussi religieuse. Il les exhorta à être de bons modèles pour les populations de la région.

C'était d'ailleurs par le prélat que les autres avaient su l'implication de Corrida dans un scandale sexuel qui avait défrayé la chronique quelques années auparavant, du temps où elle était en service à la capitale. En effet, un prof de science et technologie avait enrôlé un certain nombre de femmes et jeunes filles, y compris des élèves du lycée d'excellence et des femmes mariées, qu'il avait fait enculer par ses deux bergers allemands, à des fins pornographiques, pour trois mille cinq cents *wahi* par coup de bête. L'affaire s'était ébruitée lorsque l'une des élèves, ayant interrompu le coït du molosse, s'était fait grièvement mordre à la cuisse et s'était rendue dans une clinique pour y recevoir des soins. Les deux femmes acquiescèrent ; Régina et la présidente des femmes, également. Quant à Bèhètou, Kéchi et le directeur d'école, ils n'en avaient jamais entendu parler par le passé. Ils étaient médusés.

Le récit du pasteur ôta le verbe aux deux femmes qui, au finish, firent profil bas et demandèrent la clémence de toute la communauté villageoise de Pingbwa. Elles avaient juste voulu un léger massage au lubrifiant, mais n'avaient pas été comprises par Régina et Carine. Après ces échanges, une prière fut dite et elles firent des dons symboliques dans le but de « laver » leurs deux victimes qu'elles avaient souillées des bécots de leurs mains impures. Toutefois, la délégation promit de se faire l'écho de cette rencontre auprès de qui de droit aux fins de la fermeture du bureau local des NAM.

CHAPITRE 17

Régina avait passé au total trois semaines au village, au lieu d'une seule comme initialement prévue. Elle avait eu le temps de procurer de l'amour maternel à ses deux enfants et ses deux nièces qui s'accommodaient tant bien que mal de l'absence prolongée de leurs parents ; ils continuaient à faire de bons résultats à l'école. Elle avait entrepris quelques tours en brousse. Les champs de riz et de manioc de Beau George, ainsi que sa ferme aux caprins et ses jardins potagers étaient bien suivis par les habitants sous la supervision des responsables des femmes et de la jeunesse. Des pièges aux rongeurs avaient été dressés le long des palissades et des enfants faisaient la garde au quotidien dans la ri-zière pour chasser les hordes de mange-mil et les agoutis futés qui contournaient les pièges. Regina avait cueilli quelques épis de maïs et des légumes qu'elle porta avec elle à Gnanganville.

La veille de son départ, elle avait été approchée par le père de Carine qui se souciait de l'avenir de sa fille suite au décès de sa mère. Il en profita pour solliciter la clémence de Régina afin de lui trouver un emploi à la capi-tale auprès de bonnes gens, pas comme les deux femmes des NAM. En réponse, Régina l'avait rassuré que la jeune Carine ne souffrirait pas de la mort de Djinon. Elle affirma que le temps qu'elles avaient passé ensemble à l'Hospice avait fini de la convaincre de la mentalité de la jeune fille qu'elle jugeait assez sage, intelligente et prête à affronter la vie et se faire une place au soleil. Elle conseilla donc au père de veiller sur l'adolescente en continuant à l'éduquer dans la voie qu'il lui avait jusque-là enseignée avec sa défunte femme. Sa prière était que de nouveaux horizons s'ouvrissent à la docile et prévenante Carine.

Vu qu'elle devait retourner auprès de son mari, Mme Beau George se garda de faire des promesses incertaines à Ba-plou, quoiqu'elle eût de bonnes intentions pour son enfant. Ses ambitions personnelles étaient encore au stade de rêves et elle attendait la sortie d'hôpital de George avant de bien élaborer son projet. Evidemment, avec l'ap-pui de son homme.

Elle se fit accompagner en ville par Carine et son père qui s'étaient proposés volontiers d'assister à son départ pour la capitale. Une fois à Djbèhèwlô, ils rendirent, tous trois, visite à la famille d'un collègue de George en service à l'inspection de l'enseignement primaire publique. A l'absence de l'homme, ils avaient été reçus de manière très conviviale par sa femme qui s'affairait toute seule à la cuisine. Nourrice d'un bébé de quatre mois qu'elle portait au dos, elle pilait de la graine de palme à côté d'un bol de feuille de manioc déjà méticuleusement broyée. Les ayant salués, la dame installa les visiteurs sur la terrasse de la villa avant de leur servir une petite collation et sacrifier aux formalités d'usage coutumier. Ils affectionnèrent le *kpaca,* le gâteau de banane douce à la farine de riz, qui leur fut servi. Une recette naturelle bien pimentée, sans sucre ajouté, riche en fibres. C'était accompagné du bon jus de *manyo,* l'équivalent, dans les forêts tropicales, de la cerise des régions tempérées. Puisque la femme demande les nouvelles à la femme, l'hôte s'adressa à Régina :

« Soyez les bienvenus. On dit quoi, Régina ? Comment ça va chez vous ? s'enquit-elle.

-Papa Baplou, elle demande nos nouvelles, dit Régina en se tournant vers le père de Carine.

-Il faut donner, ordonna Baplou ».

Première et seconde nouvelles, rien qu'une visite de courtoisie. Rien de grave. Régina présenta l'homme et la jeune fille, non sans préciser les liens solides qui les liaient ainsi que le décès de Djinon dans les circonstances qu'elle détailla.

« Désolée d'apprendre cette triste information, regretta la femme. Cette rébellion aura fait de nombreuses victimes dans la région. Je me souviens que ma belle-sœur Jeanine est décédée aussi de la même manière.

-Condoléances à toi, dirent en cœur Régina et Baplou. Ainsi va la vie ; ils paieront un jour pour leurs crimes, renchérit Régina.

-Merci ma sœur.

-Et ton mari ?

-Il est en déplacement, répondit la femme. »

Mme Bizan prit de côté Régina pour lui demander plus de renseignements sur Carine. Elle avait l'intention de la prendre comme aide-ménagère et surtout nounou pour son bébé. Régina lui vanta les qualités morales de l'adolescente. Tout individu étant changeant à tout instant de sa vie, elle ne pouvait pas garantir à cent pourcents que leur collaboration se ferait sans accrocs. Pour l'heure, c'était une enfant exemplaire avec laquelle l'on pouvait dormir tranquille. Cela ne déplut nullement à Mme Bizan. Elle supplia Régina de convaincre le père de Carine.

Baplou ne demandait pas mieux pour sa fille. En ville, elle vivrait dans des conditions meilleures qu'au village. Les petits-frères et petites-sœurs de Carine n'étaient pas un gros souci pour lui, car il avait deux jeunes femmes qui prenaient déjà bien soin d'eux. Sa troisième femme, qu'il avait fait venir sous son toit au moment où Djinon était dans l'incapacité de travailler, n'avait pas encore procréé et se faisait entièrement disponible pour les enfants de la défunte. C'était son sac à main, la *djélékpagnonon* (femme-pour-voyage).

L'homme marqua donc son accord. Mais, très jalouse des libertés des jeunes et des enfants, Régina tenait à avoir l'assentiment de la concernée avant de conclure l'affaire. Ce qui fut fait. Carine montra son enthousiasme à tra-vailler chez les Bizan pour un salaire mensuel avoisinant le salaire minimum légal, avec la possibilité de bénéficier d'un weekend de repos chaque mois, ce qui lui permettrait de communier régulièrement avec sa famille. Mme Bizan promit à Régina de réserver de bonnes conditions de travail à la jeune fille visiblement très affectée par la perte de sa mère. Dès qu'elle reviendrait prendre fonction, Carine recevrait un téléphone portable – le premier de sa vie – un smartphone avec une dotation de crédits d'appels pour les besoins du service. En entendant cela, son père ne tenait plus sur son siège, dépassé par un tel début de gloire pour sa fille. Qui l'eût cru ! Carine venait d'avoir le premier boulot de sa vie.

Pour Régina, ce fut une visite providentielle, car elle ne savait pas dans quel moule placer Carine pour la formater en vue d'une vie prospère qu'elle lui dessinait, taillait et destinait en esprit. Elle demanda à Mme Bizan d'amener le bébé afin que Carine prît contact avec lui. La jeune fille accueillit le nourrisson avec un beau sourire ; elle le prit dans ses bras avec l'amour d'une mère très attentionnée, ajustant ses chaussons, son chapeau et les manches de sa grenouillère. Tout de suite, elle lui attribua un petit nom de caresse : Bijou. Sous le regard admiratif de la mère.

Au sortir de chez les Bizan, Régina reçut un coup de fil de George l'informant de l'imminence de sa sortie d'hôpital. Il se portait maintenant bien et le pronostic des médecins traitants et des professeurs sur sa santé n'était en rien alarmant pour plusieurs années. Il était guéri. Pour faciliter le voyage retour de sa femme, il avait contacté les services de Corrida qui avaient réservé un siège à bord du bus de Tshililo. Régina devait donc vite se rendre au camp pour le départ prévu dans une demi-heure plus tard. Elle fit ses adieux à Baplou et Carine. En leur remettant de l'argent pour leur transport, elle ne manqua pas d'insister sur le rendez-vous de Mme Bizan pour le début de l'emploi de servante de Carine à laquelle elle prodigua des conseils de mère. Elle lui promit le meilleur au cas où elle se serait comportée de manière exemplaire. Ce tra-vail devrait être pour elle à la fois une étape d'essai et un tremplin pour réaliser de plus grands rêves dans l'avenir. Carine acquiesça sagement et remercia Régina avant de s'effacer avec son père tout aussi ému que sa fille. Elle avait l'opportunité, elle aussi, de vivre en ville : « aller vers la tête, marcher avec le Blanc et faire le Blanc », c'était aller de l'avant, progresser et s'épanouir dans des conditions bien meilleures que celles vécues dans le monde rural. Dans ce pays, l'exode rural est considéré comme le seul moyen de vivre heureux, que l'on travaille ou pas.

CHAPITRE 18

L e bus des NAM se mit en route avec Régina comme dernière passagère à être montée à bord. Il s'élança à travers la forêt du Gôh et la savane de Tiala. L'occasion pour Régina de repasser en mémoire les péripéties de son séjour, jusqu'à ce que son attention fût captée par un long métrage projeté sur les écrans du véhicule.

Le film, œuvre d'un célèbre réalisateur ouest-africain, met en scène deux situations dans lesquelles le gouvernement d'un pays pauvre est tiraillé entre une rébellion et une prise d'otages. Un groupuscule de soldats déserteurs occupent un petit carré du territoire national et les porte-voix de la complonauté internationale recommandent au gouvernement de négocier avec les rebelles, sans recours aux armes. A cette fin, et dans le but de préserver la vie des populations civiles, avec la caution obtenue à la va-vite de l'organisation sous-régionale, ils entreprennent, eux-mêmes, le désarmement des forces loyalistes, à commencer par la destruction systématique des quelque seize Sukhoï SU-35BM et quatre MI-24 ainsi que le blocus des principaux camps militaires du pays en vue d'empêcher tout mouvement de troupes. A contrario, ils organisent rapidement, en rapport avec les autorités nationales, une action de mise en déroute des pirates de l'air. Aucune négociation véritable n'est envisagée, il faut seulement éviter que les bandits fassent exploser le Boeing-801 avec ses six cents passagers à bord. L'argument, cette prise d'otages est un acte terroriste menaçant la sécurité internationale.

En soixante-douze heures, la rébellion a fait quatre-vingt-dix morts, dont une trentaine de civils et quarante gendarmes loyalistes littéralement égorgés par les assaillants, alors que la prise d'otages ne s'est terminée qu'avec trois pirates tués et cinq autres arrêtés, sans aucun dommage à l'avion ni aucune rançon versée.

Au long du voyage, choquée par toutes les inconvenances et les déviations observées aussi bien dans son environnement immédiat que dans les milieux lointains, la jeune femme résolut de ne pas baisser les bras et de lutter pour contribuer à l'ajustement des comportements tant au sommet qu'à la base de l'Etat. Cela demandait une bonne préparation puisqu'elle-même était foncièrement opposée au misérabilisme, à l'incivisme, à l'arrivisme et aux autres maux qui minaient la société de son temps. Ses ambitions se précisaient de plus en plus.

Printed in Great Britain
by Amazon